◆◆◆　プロローグ

「……求婚相手を間違えた。私が望んだのは君ではない」

目の前のソファに居丈高《いたけだか》に座るベージュブロンドの美丈夫《びじょうふ》は、その氷のようなアイスブルーの瞳を不機嫌そうに細める。

私は俯《うつむ》いて、くすんだドレスに包まれた膝の上で丸めた手のひらにギュッと力を込める。

やっぱり、私を受け入れてくれるところなんてどこにもなかったんだ……。

誰にも必要とされない人生だった。

だからこの縁談が来た時に、誰かが私を必要としてくれているのだと密《ひそ》かに喜んだのに。

じんわりと涙が浮かんでくるのを、瞬《まばた》きを繰り返して必死に堪《こら》える。

膝上に置いた両手をギュッと握り締め、私は意を決して顔を上げ口を開く。

「そ、そうですか。おそらく、閣下の想い人は義姉のイベリンではないでしょうか？　彼女は夜会で私の名前を名乗ることがあったようですから」

私がそう返すと、閣下は眉根を寄せる。

「イベリン？　……『春の妖精』と呼ばれている、あの？」

「左様《さよう》でございます。……私との婚約は破棄《はき》していただいて、義姉に再度求婚なさるとよろしいかと思います」

「……そうか、分かった。クラリス嬢、わざわざ来てもらったのに悪いが、子爵家へ戻ってもらえるだろうか」

閣下の言葉は全く温度が通っていないかのように冷たく響く。

子爵家へ戻るですって？　あそこに私の居場所などないわ。

でもこのまま居座っても閣下のご迷惑になるし、たとえ使用人として雇ってもらったとしても、またイベリンに奴隷のように扱われるだけだもの……。

悲しいけれど、長居は無用と悟った私は立ち上がり、真《ま》っ直《す》ぐに応接室の入り口へと移動する。

「短い間でしたが大変お世話になりました。それでは失礼いたします」

短い言葉で恭《うやうや》しく挨拶《あいさつ》をすると、私は応接室を出た。

低頭から顔を上げた時、閣下は文句の一つも言わずに去る私に驚いたように目を見開いていたけれど、引き止められることはなかった。

I was mistakenly proposed to by my sister
hama
illust
コココム
義姉と間違えて求婚されました。

CONTENTS

「……私が贈りたい相手は君だよ、クラリス」
アレン・セインジャー
「…………えっ？」
私が驚きの声を上げると、
アレン様はすっと翡翠の瞳を細める。
「ごめん、やっぱり石は私が決めてもいい？
……石はこれで」
そう言ってアレン様が持ち上げたのは、
アレン様の瞳と同じ色の翡翠だった。
「アレン様の瞳の色、ですね」
「私が側にいられない時でも、
代わりにクラリスを守ってくれるように。
この石を贈らせてくれるか？」

「私だけを見て」

「ねえ、クラリス。顔を上げて?」

純粋に私を案じてくれる
アレン様の気持ちが嬉しくて、
じんわり頬が熱くなる。
「はい……ありがとうございます」
笑顔でお礼を言うと、
アレン様も優しく
微笑み返してくれる。
クラリス・シーヴェルト

第一章　義姉と間違えて求婚されました

私――クラリス・シーヴェルトは子爵家の一人娘としてそれはそれは大切に育てられた。

真面目で実直な父と、身体《からだ》が弱いが優しく穏やかな母。

兄弟はできなかったけれど、寂しさを感じないほど両親の愛に包まれて幸せだったと思う。

豊かではないが十分に恵まれた生活。

両親は私を甘やかすだけでなく、将来私が子爵家を継ぐことも見据えて、幼いうちからしっかりと教育を受けさせてくれた。

しかし私が七歳のときに両親が揃《そろ》って馬車の事故で亡くなると、私の生活は一変する。

両親の葬儀の日、棺《ひつぎ》に縋《すが》りついて泣いている私の元に、ジョージと名乗る男性がやってきた。彼は父の弟、つまり私の叔父《おじ》なのだという。

父亡き後、叔父がシーヴェルト子爵家を継ぐこと、これから屋敷に叔父の家族が移り住むことが告げられた。

それから一か月ほど経《た》ち、叔父一家が引っ越してきた。

叔父にはソラアンヌという名の妻、アラスタという名の息子とイベリンという名の娘がいるのだが、彼らは屋敷に入って来るなり日当たりが良かった私の部屋、お気に入りのドレス、誕生日に貰《もら》ったぬいぐるみやお母様の形見の宝石、私の宝物を全て取り上げてしまった。

そして私は使用人も住まないような納戸《なんど》に押し込まれ、貧しい平民も着ないようなボロの服だけを渡された。

私に勉強を教えてくれていた教師は義兄のアラスタと義姉のイベリンにつけられ、私は教育を受ける機会を奪われた。

それからは一日中家の掃除や洗濯・炊事をさせられ、下女のように扱われるようになった。

それだけならまだしも、叔父たちのストレス発散の捌《は》け口《ぐち》として日々暴言や暴力に晒《さら》された。

特に三つ年上の義姉イベリンからは毎日のように罵声《ばせい》を浴びせられ、癇癪《かんしゃく》を起こすと物を投げつけられたり平手で打たれたりした。

叔父一家の私に対する仕打ちはあまりに酷《ひど》く、初めのうちは両親の代から仕えていた使用人たちが私を庇《かば》ってくれた。

しかし、私の待遇について叔父に異を唱えた使用人は怒りを買って軒並み馘首《かくしゅ》されてしまい、新しく雇用された使用人たちは皆叔父たちに忖度《そんたく》して私を虐《しいた》げるようになった。

父の代から残ってくれた使用人は執事のカールと乳母《うば》のファリタのみ。

執事のカールは領地経営全般に明るいため叔父の手元に残され、乳母のファリタはカールの妻なのでついでに残されたが、私への嫌がらせのためか、侍女ではなく洗濯などを担当する下働きに立場を落とされてしまった。

私のせいで辛《つら》い境遇になってしまったにも拘《かか》わらず、ファリタはいつも泣いている私を慰め、優しく宥《なだ》めてくれた。

「お嬢様……お助けできなくて申し訳ありません。でも人生とは、自分ではどうしようもないことが起こるものなのです。これからお嬢様が強く生きていけるよう、このファリタに教えられることは全てお教えいたします」

そう言ってファリタは私に掃除、洗濯、料理など一人で生活するために必要なことを教えてくれた。

カールも執務の合間に叔父《おじ》の目を掻《か》い潜《くぐ》って私に食べ物を持ってきてくれたり、私が体調を崩した時にはこっそりと医者を連れてきてくれたこともあった。

「いつもお嬢様を心配し、見守っている人がいることを忘れないでください」

それはカールが私によく伝えてくれた言葉だ。

私が先の見えない中でも希望を見失わずに今日まで生きてこられたのは、二人のおかげと言っても過言ではないだろう。


そんな下女扱いの私がどうして公爵邸を訪問することになったかというと、話は二週間前に遡《さかのぼ》る。

二週間前、シーヴェルト子爵家に公爵家の使者がガルドビルド公爵からの求婚状を持ってやってきた。

求婚状の差出人は先ほど私の目の前に座っていたベージュブロンドの髪の美丈夫《びじょうふ》――オスカー・ガルドビルド公爵で、宛書は私、クラリス・シーヴェルトだった。

求婚状が届いた日、シーヴェルト子爵家は上を下への大騒ぎだったらしい。

らしいというのは、私はその日の朝にイベリンに命じられ、最近王都で流行《はや》りのプディングケーキを買うために街に出ていたので、その騒ぎを知らなかったのだ。

普通に考えれば、七歳以降、貴族令嬢として社交の場に一切出た事のない私に求婚状など届くはずもない。

叔父は「求婚の相手を間違えているのではないか？」と何度も使者に問うたが、「宛書はクラリス・シーヴェルトで間違いない」という。

その日は一旦返答を保留にして使者を帰らせたのだが、私が屋敷に戻るなり鬼の形相で「ガルドビルド公爵とどこで出会ったんだ!?」と叔父に問い詰められたことは言うまでもない。

結局、その後も何度も公爵家に「本当にクラリスですか？　イベリンではなく？」と問い合わせたものの「クラリスで間違いない」と返され、高位貴族から来た縁談をしがない子爵家が断るわけにもいかず、叔父は不承不承ながらも私を公爵家に送り出すことを決めた。

この求婚騒動に一番腹を立てたのが義姉のイベリンである。

イベリンは艶《つや》やかなハニーブロンドに薄紅の大きな瞳、見る者を魅了する何とも愛らしく可《か》憐《れん》な容姿をしており、社交界では『春の妖精』などと持て囃《はや》されているらしい。

高位貴族への嫁入りを狙っているらしく大層派手に着飾って頻繁《ひんぱん》に夜会に出かけて行くが、どうやらお眼鏡に適《かな》う出会いがないらしく、二十歳になった今でも婚約者は未定のままである。

外ではたおやかな姿を見せているようだが、その実彼女は非常に苛烈《かれつ》な性格をしており、少しでも気に入らないことがあると人や物に当たるため、屋敷の中ではしょっちゅうヒステリックな罵声《ばせい》や物が壊れる音が響き渡っている。

特に私に対しては嫌悪《けんお》というよりはもはや憎しみに近い感情を持っているようで、公爵家の使者が来た日の夜には罵倒《ばとう》されながら熱い紅茶の入ったカップをぶつけられた。

そして叔父《おじ》が求婚を承諾する返事をした日の夜から公爵邸に向かう日の朝までは、水以外の飲食物は一切与えてもらえなかった。

私が酷《ひど》い折檻《せっかん》を受けた日には必ずカールかファリタがこっそり助けてくれたため命に関わることはなかったが、今日までにかなり痩《や》せてしまったのは仕方のないことだろう。

公爵家へ送られる朝の義母とイベリンの射殺すような視線は凄《すさ》まじかった。

それはそうだろう。

下女扱いして見下していた従姉妹《いとこ》が格上の貴族家に請われて嫁《とつ》ぐのだから。

しかし、彼女らの心配は杞憂《きゆう》であった。

やはり叔父が懸念《けねん》した通り、ガルドビルド公爵閣下は求婚相手を間違えていたらしい。

弱冠三十四歳にして宰相に任命された公爵閣下はご多忙で、婚約前にシーヴェルト子爵家を訪れることはなかった。

＊＊＊

ガルドビルド公爵閣下の前を辞して執務室の扉を閉めると、急に心細くなって私はドレスから出た枝のように痩せ細った二の腕をすりすりと擦《こす》った。

先ほどは「お世話になった」などと嫌味にも聞こえるようなことを言ったけれど、私は公爵閣下の正式な婚約者としてつい二時間ほど前にこの公爵邸に入ったばかりだ。

いただいたものといえば、応接室で出されたお茶ぐらい。

訪ねてきた時は家令が笑顔で応接室に案内してくれたのに、帰りは見送りもない。

来た時とは逆の道順を辿《たど》り、一人で玄関を目指す。

時折すれ違う使用人がちらりとこちらを見てくるが、誰もが私を客人だとは認識せずに通り過ぎる。

王都のタウンハウスだというのにまるでお城のように広い公爵邸だが、幸いにも玄関まで迷うことなく到着した。

そしてそのまま玄関のドアを開けて外に出ようとすると、後方から「ご令嬢！」と声がかかり、私のことかと振り返る。

「お一人でどちらに行かれるのですか？　護衛の者は？」

歳の頃は二十代前半〜半ばほどであろう、長身で黒髪の騎士様が走り寄ってくる。

公爵家に相応《ふさわ》しくない私のような人間が一人で彷徨《うろつ》いているのを、訝《いぶか》しく思われてしまっただろうか？

「あの……よ、用が済みましたので帰ります。護衛は元々おりません」

私はそう言って会釈《えしゃく》し玄関から出ようとすると、再び騎士様から呼び止められる。

「それでは私がお送りいたしましょう。どちらに帰られるのですか？」

騎士様にそう聞かれ、私ははたと動きを止める。

どこに帰る？　私には帰る場所などない。

もともと公爵邸にも荷物も持たず身一つで来たのだ。

「……どこに帰りましょうか」

ついそんな言葉が口をついて出るが、言葉を発してしまってから我に返る。

騎士様は少し驚いたような、訝しむような顔で私を見下ろしている。

「あっ、すみません。ご厚意だけ受け取ります、お気になさらず」

私はそう言って再び頭を下げ、今度こそ玄関の扉を開けて外へ出た。


公爵邸の正門まで続く長いアプローチを歩きながら、今後のことについて考えを巡らせる。

本当に身一つで家を出たのだ。

お金なんか持っていないし、義母が平民時代に着ていたという形はフォーマルだが着古されたワンピースで送り出された上に、装飾品も身につけていない。

子爵家のメイドたちが話していたのを盗み聞いたところによると、普通は格上の貴族に嫁《とつ》ぐには持参金と呼ばれる多額のお金を払わなければならないらしい。

しかし、ガルドビルド公爵閣下は今回の輿入れ《こしい》に関して持参金はいらないと仰《おっしゃ》ったそうだ。ならばせめて公爵家の家格に見合うような上等な身なりをすべきではないか？　と思ったけれど、義家族は当然のように私をこのような格好で送り出したので、貴族の常識とは案外そんなものなのかもしれない。

それより……これからどこへ行こうか？

一文無しでも暮らせるところ……住み込みで雇ってもらえるところを探そうか？

しかし私のような年頃の女が宿もなく一人で街をフラフラしていれば、職も得られぬうちに破落戸《ならずもの》に捕まって娼館《しょうかん》に身売りされるのが関の山だろう。

それならばいっそ修道院に行こうか？

貴族が入るような立派な修道院は身元保証がないと受け入れてもらえないらしいが、平民が入る修道院なら環境は厳しくとも身一つで入れてもらえるかもしれない。


そんなことを考えながら門に向かって歩いていると、後方から再び誰かが走ってくる足音が近づいてくる。

「ご令嬢！　お待ちください！」

振り返って見てみると、走ってきたのは先ほどの騎士様だった。

「シーヴェルト子爵家のご令嬢だったのですね、先ほどは失礼いたしました。閣下より、子爵家までお送りするようご指示いただいております」

「あ、結構です」

私がきっぱり断ると、騎士様は目をまん丸にして口をポカンと開ける。

「申し訳ありませんが、私は子爵家には帰れないのです。それでは失礼します」

会釈《えしゃく》をしてから踵《きびす》を返して歩き出すと、騎士様が慌てて私の目の前に走り出る。

「お待ちください！　……何か事情がおありなのですか？」

「えっと……実は私は公爵閣下の婚約者として請われこのお屋敷に来たのですが、先ほど閣下

から『人違いだったので要らない』と言われてしまいました。なので出て行かなければならないのですが……。お恥ずかしながら、私は子爵家ではもともと家族として扱われていませんでした。ですから、おそらく私がこのまま家に戻っても受け入れてもらえないと思うのです」

私がそう説明すると、騎士様はその翡翠色《ひすいいろ》の瞳に明らかに憐憫《れんびん》の情を浮かべ、しばし絶句している。

……でもよくよく考えたら婚約前にきちんと相手を確認しない閣下が悪いのだし、私が少しぐらいお願い事をしたって、バチは当たらないわよね。

「あの、それでしたらひとつお願いしたいのですが」

「はっ……はい！　何なりと仰《おつしや》ってください」

騎士様はハッと私の顔を見て、胸に手を当てて腰を折る。

「私、修道院に入ろうと思うのですが、身元の保証をしていただけませんか？　ついでに場所を教えていただけると助かるのですが」

「え……修道院ですか？」

「はい。私は身一つで出てきたので、ご覧の通り、換金できそうなものを持っていません。何にも持たない女性が一人で生きて行くためには、娼館《しようかん》か修道院に行くしかないと聞きました。さすがに生娘の身で娼婦の仕事は務まらないかと思いまして、修道院に入るのが良いかと」

「き、生娘……」

話を聞いて、騎士様はしばらく混乱した顔で私の言葉を繰り返していたが、そのうち額に手を当ててうーんと唸《うな》り出してしまった。

「……シーヴェルト子爵令嬢。その、一旦修道院に行くのは止《や》めませんか？」

騎士様の返事に、私は悲しくなって俯《うつむ》く。

今日初めてお会いしたのに「身元を保証してくれ」などという虫の良いお願いは、やっぱり聞けないわよね。

「……やはり、身元を保証してほしいというのは図々しいお願いでしたでしょうか？　……それでは、不本意ですが娼館に……」

「いやいや！　娼館になどお連れできるわけがないでしょう！」

騎士様は慌てて手を振りながら否定をする。

「とりあえず、私の屋敷に来ませんか？　求婚相手を間違えたのは完全に公爵家《こちら》の手違いなのに、このままあなたを修道院に送るなどという非道な真似《まね》はできないし、見て見ぬ振りもできません」

「騎士様のお屋敷ですか？」

「はい。……こう見えても私は侯爵家の生まれでして、そちらの屋敷にお連れします。幸い部屋は無駄にたくさんあるので気にしないでください」

この騎士様が侯爵家の生まれですって？

侯爵令息なんて身分の高い人が、どうして公爵家の護衛騎士をやっているのだろう？

そう疑問に思いつつも、私は首を横に振る。

「……しかし、お世話になるにしても返せるものもありません」

「それではこうするのは如何《いかが》ですか？　このようなことになったのは公爵閣下の責任なのですから、あなたに何らかの補償をするよう進言いたします。ご令嬢はそれを元手に新しい生活を始められてはいかがでしょう？　補償が得られるまでの間、我が侯爵家に滞在されれば良い」

え？　公爵家の騎士が雇い主に意見なんてしたらクビにされてしまうのではないの？

私はギョッとして騎士様の顔をパチパチと瞬《まばた》きしながら見つめた。

「ははっ。あなたは考えていることが全部表情に出ますね？　大丈夫ですよ。実は私は公爵家に雇われているのではなく、王宮から派遣されている騎士なのです。このガルドビルド公爵家は王家に連なる公爵家ですからね」

そう言って騎士様は翡翠《ひすいいろ》色の目を細めて爽《さわ》やかに笑った。

なるほど、この騎士様は王宮の所属なのね。

街の噂《うわさ》で、王宮騎士は高位貴族のエリート揃《ぞろ》いだと聞いたことがある。

先ほどの疑問が解決したところで、目の前の騎士様からの提案について改めて考えてみる。

確かに、勝手に間違えられ、間違いだったからと追い出され、振り回された私は完全な被害者とも言える。

慰謝料的なものを貰《もら》う権利はあるのかもしれない。

「あの……それでは、よろしくお願いします」

私が頭を下げると、騎士様はホッとしたように頷《うなず》く。

「良かった。今から公爵様に報告と、あなたをお送りする馬車を回してくるので少しここでお待ちいただけますか？」

おずおずと頷くと、騎士様は足早に屋敷へと戻って行った。


しばらくその場で待っていると、公爵家の紋が入った馬車がやって来て目の前で止まる。

中には既に先ほどの騎士様が乗っており、扉が開くと私の手を引いて馬車に乗せてくれた。

私が座席に座ったタイミングで騎士様が御者に合図を出すと、馬車が公爵邸の門へ向かって走り出す。

「すみません、自己紹介もしていませんでしたよね。私はアレン・セインジャー。王宮所属の騎士をやっております。侯爵家の出身ですが四男なので継げる爵位もなく、持ってるのは単なる騎士爵ですから気を使わないでくださいね」

アレン様はおそよ騎士には似つかわしくない柔和《にゅうわ》な微笑《ほほえ》みを浮かべる。

上背はあるがどちらかというと細身で、優しげな顔立ちもあいまって中性的な印象だ。

こんなに優しげで綺麗《きれい》な方が本当に剣なんて振れるんだろうか？　などと失礼な考えが頭を

過《よぎ》る。

「こちらこそ……名乗るのが遅れてすみません。クラリス・シーヴェルトです。一応籍は子爵家にありますが、ほぼ下女のような扱いでしたので、平民のようなものです。なので、敬語や敬称は必要ありませんよ」

私がそう言うと、アレン様は不愉快そうにその整った眉を顰《ひそ》める。

「……少なくとも、あなたはシーヴェルト子爵家から送り出されたのですから、歴《れっき》とした子爵令嬢ですよ。とにかく今日は色々大変だったでしょうから、ゆっくりお休みください」

そうしてアレン様にぽつぽつと身上話をしているうちに、馬車は公爵邸とはまた違う大きな門をくぐって邸宅前で停車する。


馬車が止まると先にアレン様が降りて、私の手を引いて馬車から降りるのを助けてくれる。

玄関前に立ち屋敷を見上げると、その荘厳《そうごん》な屋敷構えに息を呑《の》む。

公爵邸ほどではないがすごく立派な建物だ。

「シーヴェルト子爵令嬢様ですね。ようこそいらっしゃいました」

玄関に入ると、家令の制服をばっちり着こなした壮年の男性が腰を折って恭《うやうや》しく出迎えてくれる。

いつの間に先触れを出したのか？　と私が驚いていると、隣に立っているアレン様がくすりと笑う。

「先ほど公爵邸であなたを乗せる馬車を回していた時に、部下の騎士を一人早馬として侯爵邸に走らせておきました」

　私の心を読んだかのようなアレン様の言葉に、私ってそんなに考えていることが顔に出ているだろうか？　と少し恥ずかしくなる。

「突然押しかけてしまい申し訳ありません。お世話になります」

　恥ずかしさを誤魔化《ごまか》すように頭を下げると、白髪混じりの家令は優しく微笑《ほほえ》んだ。

「とんでもないことです。アレンお坊ちゃんのお客様ならいつでも歓迎いたしますよ」

「バナード！　『お坊ちゃん』はいい加減やめてくれ……」

　アレン様は頬を赤くして後頭部を手で掻《か》きながら、気まずそうに視線を伏せる。

　大人の男性だから、『お坊ちゃん』と呼ばれるのが恥ずかしいのかしら？

「それは失礼いたしました。アレン様が女性をお連れになるのは初めてでしたから少し舞い上がってしまいました」

「ああ……そういうのじゃないから……。とにかく、シーヴェルト子爵令嬢には迷惑をかけないでくれ」

　悪びれずにニコニコ笑うバナードさんを見て、アレン様は諦《あきら》めたように溜息《ためいき》をつく。

「すみません、ご令嬢。……家の者が何を言っても気にしないでください。私は職務に戻りますが、家のことは今からこのバナードに案内させますので、ご安心ください」

アレン様は「それでは」と言って仕事に戻って行った。


「まずはお部屋にご案内いたしますね」

バナードさんの後について屋敷内を歩く。

階段を上がり、二階の一室に辿《たど》り着くとバナードさんは扉を開ける。

「シーヴェルト子爵令嬢様には当面こちらのお部屋をご使用いただきます。生活に必要なものは一通りご用意いたしましたが、なにぶん急でしたので、不足があれば何でもお申し付けください」

おそらく私が身一つで訪れると知って、急いで色々準備してくださったのだろう。

クローゼットの中には十着ほどのドレスが掛かっている。

「ありがとうございます。……あの、このドレスは一体……？」

「そちらは侯爵夫人であられる奥様から借り受けたドレスになります。奥様自ら『若い女性に合うものを』と選んでくださったのですよ」

なんとドレスは侯爵夫人のものだった！

きっと高価なものに違いない、そう思ったら何だかクローゼットの扉を握る手が震えてきたわ……。

「そ、そんな大事なドレスを私などが着るのは恐れ多いのですが……」

「そんなことはございません！　シーヴェルト子爵令嬢様に着ていただけないと、逆に奥様が悲しまれますよ」

そんなことはないと思うけれど……そこまで言われては無碍《むげ》に断ることもできない。

「わ、分かりました。ありがたくお借りします。それから……私のことはどうかクラリスと呼んでください」

どう見ても私より身分も年齢も高いバナードさんに「令嬢様」などと呼ばれるのは心苦しい。

「それではクラリス様と呼ばせていただきますね」

「あ……いえ、敬称は必要ありません。私は平民同然ですので……。それと……すぐにでも仕事をしたいのでお仕着せをいただけませんか？　侯爵家で働くには力不足かもしれませんが、掃除や洗濯、料理や裁縫は一通りできます」

私が一息にそう言うと、バナードさんは驚いたように目を瞬《まばた》かせ、ゆっくりと口を開く。

「……クラリス様。現在セインジャー侯爵家は人手が足りております。もし人手が足りなくなったら、手をお借りしてもよろしいですか？」

バナードさんはニコニコと笑みを浮かべて柔らかな口調で語りかけてくれる。

物腰は柔らかく親しみが持てるが、その姿は常に背筋がピンと伸びていて風格を感じさせる。

歳は義父と同じくらいか少し下に見えるけど……佇《たたず》まいが全然違うわ。

義父は常に何かに怒っているし、いつも重そうに膨《ふく》らんだお腹《なか》を抱えて背筋を丸めているもの。

「分かりました。よろしくお願いします」

「それでは侍女を呼びますのでお召し替えをしていただきましょう。奥様に到着のご挨拶《あいさつ》をしなければ」

そう言ってバナードさんは侍女を呼び、下がった。

バナードさんと入れ違いに赤毛の長い髪をきっちりとまとめた無愛想な侍女が入ってきて、手際よく準備を始める。

「失礼いたします、レネアと申します。ドレスの着替えをお手伝いいたします」

レネアさんは感情の乗らない声でそう挨拶すると、私の返事を待たずにクローゼットの扉を開ける。

そして、シンプルながら私が着てきたものよりずっと上質なドレスをクローゼットから取り出し、私に宛《あ》てがう。

「……サイズが少し大きいですね。着ながら合わせましょう」

乱暴とは言えないがどこか事務的な手つきで手早くワンピースを脱がされ、ドレスを着せられる。

侍女に着替えを手伝ってもらうのは子供の頃以来のこと。

だから、どのように振る舞うのが正しいのか分からず、私は棒立ちでされるがままだ。

レネアさんは慣れた手つきでドレスにまち針を打つと、針と糸で余った生地を上手《うま》く隠すように仮縫いしていく。

仕上がったドレスはピッタリサイズとは言えないが、十分に私の身丈に合っていた。

目の前で繰り広げられた匠《たくみ》の技に思わず拍手しそうになるのを何とか堪《こら》え、レネアさんに尊敬の眼差《まなざ》しを向けた。

今日私が着てきたワンピースは、もともとは義母が若い頃に着ていたものだった。

サイズが合わなかったため私が昨日の晩に夜なべして直したにも拘《かか》わらず、どうにも不格好に仕上がってしまったのだ。

「さすが侯爵家の侍女は素晴らしい技能をお持ちですね」

私がそう声をかけると、レネアさんはどこか呆《あき》れたような面持ちで私をじっと見つめ、「ありがとうございます」とやはり感情の乗らない声で答えた。

その直後、ちょうど着替えのタイミングを見計らったようにバナードさんが訪ねてきて、私は部屋の外に出た。

再びバナードさんの案内で屋敷内を移動する。

二階の一番奥にある大きめの扉の前に着くと、バナードさんは扉をノックする。

「失礼いたします。シーヴェルト子爵令嬢様をお連れいたしました」

バナードさんの後に続いて中に入ると、広い部屋のほぼ中央に置いてある白いテーブルに一人の女性が腰掛けている。

部屋の中は色とりどりの生花があちこち生けてあり、甘い香りが漂っている。

「あら、いらっしゃい。待っていたわ」

そう言ってニッコリ笑った女性の顔は、アレン様によく似ている。

「よく来てくれたわね。私はフリージア・セインジャー。現セインジャー侯爵の妻で、アレンの母親よ」

フリージア様の髪は淡い栗色でアレン様は黒髪と、髪色こそ違うものの柔和《にゅうわ》な笑顔は同じだ。

それにしても……フリージア様はアレン様の姉と言われても信じられるくらいに若々しいが、一体おいくつなんだろう？

「お初にお目にかかります。クラリス・シーヴェルトと申します」

私は七歳までに覚えた淑女礼《カーテシー》を初めて人前で披露《ひろう》する。

こんな形であっていただろうか？

動きがたどたどしくなってしまい、羞恥《しゅうち》で顔が赤くなる。

何せ十年間下女として過ごしてきたから、貴族として社交場に出たことがないどころか、十五になれば大人の社交界に仲間入りした証《あかし》として全ての貴族子女が行うというデビュタントさえも済ませていないのだ。

「まあ、まあ！　可愛《かわい》らしいお嬢さんね！　シーヴェルト子爵家にこんな可愛らしいお嬢さんがいたなんて……知らなかったわ？」

フリージア様は微笑《ほほえ》みながら含みを持たせた言い方をする。

彼女が何を言いたいのかは分からないが、とりあえずニッコリ笑い返してスルーしておくことにする。

「とにかく、お座りになって？」

勧められるままにテーブルに着席すると、すぐに脇に立っている侍女がお茶を淹《い》れてくれる。

「クラリス、と呼んでも構わないかしら？　私のことはフリージアと呼んでね」

「はい。構いません、フリージア様」

私がそう言うと、フリージア様は満足そうに微笑む。

「ああ、嬉《うれ》しいわ！　私、あなたのような可愛い娘が欲しかったのよね〜」

思わぬ言葉に、私は紅茶を吹き出しそうになる。

「む、むすめ……ですか？」

「そうよ〜。うちには息子四人がいるって話は聞いたかしら？」

私は首肯する。

確か、アレン様はセインジャー家の四男だと自己紹介の時に言っていた。

「結婚してからすぐに長男のディディエが生まれて、それから翌年もそのまた翌年も子を産んだの。どうしても娘が欲しくてさらにその翌年にも子を産んだのだけど、四男のアレンが生まれた時点でもう娘は諦《あきら》めたわ。男の子四人の子育てで子を産むどころじゃなくなってしまったしね」

何と、セインジャー家の四人兄弟は年子らしい。

いくら乳母《うば》がいるとはいえ、幼子を四人もいっぺんに面倒を見る大変さは想像に難《かた》くない。

「だからこうやって女の子が我が家に来てくれて嬉《うれ》しいのよ！　我が家の男たちは揃《そろ》いも揃って唐変木《とうへんぼく》でね。なかなか良い出会いがないみたいなのよね～」

アレン様が唐変木……。

人当たりも良くエスコートもスマートで、とてもそんな風には見えなかったけどな。

そんなことをぼんやり考えながら視線を遠くにしていると、いつの間にかフリージア様が心配そうに私の顔を見ていた。

「……クラリスは大変な目にあったわね？　勘違いで呼びつけた癖に、こんなにか細い女の子をさっさと追い出すなんて、ガルドビルド公爵は噂《うわさ》通りの御人みたいね」

「公爵様の噂……ですか？」

「ええ。公爵はあの見た目でしょう？　それでもあの歳までご結婚なさらないのは、女性が苦手で避けているからと言われているけれど。……実際は、朴念仁《ぼくねんじん》すぎて女性の方に逃げられるらしいわ」

「えっ？」

そう言われて、つい数時間前に私を不機嫌そうに見つめていたアイスブルーの瞳を思い出す。

あれだけの美丈夫《びじょうふ》で、宰相という肩書き。

さらに公爵という高貴な地位をもってしても逃げられるとは俄《にわ》かに信じ難《がた》い。

「……公爵夫人に見合うような高位の女性はね、案外地位や見た目に惑わされないものなのよ。余程問題がない限り引く手数多《あまた》なのは女性側も同じなのだから。きっと高位の妙齢女性には皆断られてしまったから、釣り合いの取れない子爵家に求婚状を出したのでしょうね」

「……でも、公爵様は私の顔を見てはっきりと『君ではない』と仰《おっしゃ》ったのです。だからどこかで義姉と出会ったのだと思うのですが」

私の話を聞いて、フリージア様は首を傾《かし》げる。

「あなたの義姉というのは、イベリン嬢のことでしょう？　『春の妖精』だとか言われて下位貴族に持て囃《はや》されているという。……彼女、それなりに有名なのに一体どうして閣下はイベリン嬢の名前を『クラリス』だと勘違いしたのかしら？　それに申し訳ないけれど、シーヴェルト子爵家に『クラリス』というお嬢さんがいたことを私は今回初めて知ったのよ。閣下はどうしてそれをご存知だったのかしら？」

フリージア様の疑問は尤《もっと》もだ。

私は一度も社交界に顔を出したことはないし、家族扱いもされていなかったので義家族が私のことを口外したこともないはずだ。

「……義姉は、仮面舞踏会などでは『クラリス』と名乗っていたようです。『イベリン』のイメージを保ちつつ、多数の男性たちと自由に遊ぶために」

なぜ社交界に出たことのない私がそのことを知っているかというと、子爵邸でイベリンと義兄のアラスタがよく「どちらが異性にモテるか」と言い争っていたのを聞いていたからだ。

「派手に男遊びをして『春の妖精』のイメージを損なったらどうするのか」と問うアラスタに対して、イベリンは「遊び場では『クラリス』と名乗っているから問題ないわ」と答えていた。

私の話を聞き、フリージア様はあからさまに顔を顰《しか》める。

「まあ……。普段から男性を侍《はべ》らせて喜んでいる程度の低い方だとは思っていたけれど、まさかそれ以上に下品な方だったとは……」

溜息《ためいき》をつくフリージア様を、私は意外な気持ちで見つめる。

イベリンは社交界では『春の妖精』と呼ばれて誉《ほ》めそやされているのだと聞いていたけど、フリージア様はイベリンに対して最初から良い印象を抱いていなかったようだ。

「ですから、そういう場で公爵様は義姉と出会ったのではないでしょうか？」

私がそう言うと、フリージア様ははぁ、とさらに深い溜息をつく。

「あなたの顔を見て『違う』と言ったということは、公爵はイベリン嬢の顔を知っているということよね？　仮面舞踏会で仮面を外すということは、つまりそういう事だものね？　……あ、穢《けが》らわしいわ。あら、ごめんなさいね。あなたの義姉をあまり悪く言いたくはないのだけれど」

口調が荒くなったことを謝りながらも、フリージア様はまるで汚いものを厭《いと》うようにさらに顔を顰める。

そういう事がどういう事なのかはさっぱり分からないが、フリージア様があんな顔をされるなんて、よっぽど常識から外れたことなのだろう。

そのフリージア様の様子を見ていたら、何だか段々と笑いが込み上げてきた。

だって、フリージア様ったら私以上に怒っているんだもの。

私の緩んだ表情を見て、フリージア様も顔の強張《こわば》りを解く。

「……公爵はとことん人を見る目がないようね。イベリン嬢なんかよりもクラリスの方がよっぽど美しいのに」

フリージア様の言葉に、私は驚きのあまり目を見開く。

「まさか、そんなはずはありません。私は長い間下女として過ごしてきましたから、この通り、体は木の枝のようにガリガリだし肌も髪も傷んでガサガサです。隅々まで磨き上げられた義姉と比べれば塵芥《ごみ》も同然でしょう」

「あら、クラリスは私の審美眼が信用できなくて？　……いいわ、私があなたを徹底的に磨いてイベリン嬢なんか足元にも及ばないミューズに仕立て上げるわ！」

そう言って鼻息荒く立ち上がるフリージア様を、私はぼうっと見つめる他なかった。

＊＊＊

「ふむ。それで、クラリス嬢はお前の屋敷で保護しているわけか」

目の前のソファに悠然と座って納得したように頷《うなず》いている輝くブロンドと王族の証《あかし》である瑠《る》璃色《りいろ》の瞳の人物は、この国の王太子であるスティング殿下だ。

私、アレン・セインジャーの直属の上司でもある。

セインジャー邸にクラリス嬢を送り届けたあと、定期報告を兼ねて一連の出来事についてスティング殿下に報告するために王宮へ戻ったのだ。

「左様《さよう》です。どうにも疑問の多い案件でしたので、子爵家に帰さずに保護いたしました」

「そうだな。シーヴェルト子爵家といえば、令嬢は『春の妖精』と二つ名のあるイベリン嬢しかいないものと思っていたが……。そのクラリス嬢とやらは、今まで一体どこに隠れていたのだ？」

「彼女が言うには、下女のような扱いを受けていたと。また、家族として扱われていないとも。……何か事情がありそうです」

クラリス嬢が今まで社交界に一度でも顔を出していれば、殿下が把握していないわけがない。全ての貴族の家族構成や姻戚《いんせき》関係、派閥関係などを覚えるのも公務の内なのだから。

「分かった、その辺の事情は調べさせよう。アレンはクラリス嬢から情報を聞き出してくれ。それから、私は陛下にも何か事情をご存知ないか聞いてみる」

「畏《かしこ》まりました」

「それにしても、再従兄弟《はとこ》殿には困ったものだ」

殿下はそう呟《つぶや》くと、開いていた脚を組んで腿《もも》に肘《ひじ》をつき、何かに悩むように指を額に触れた。

スティング殿下の祖父である前国王の弟殿下が臣籍降下《しんせきこうか》した際に興したのがガルドビルド公爵家だ。つまり現当主のオスカー様とスティング殿下は再従兄弟にあたる。

「オスカー様はこと女性関係にだけはあの有能さを発揮できませんからね……」

オスカー様は若くして宰相に任じられると、瞬《また》く間に王宮内に蔓延《はびこ》る利権主義の官僚を一掃したり、慣習的に行っていた無駄な業務を効率化するなど、その才能を遺憾《いかん》なく発揮した。

しかしその反面、人の心や感情の機微に疎《うと》いらしく、女性関係では度々揉《も》め事を起こしていると聞く。

「まあ、仕方がない。問題を起こす前に対処できるよう先回りしておこう」

「御意に」

話が一段落したのを見計らい、私は一礼して殿下の執務室を出た。

普段ならば、この後はガルドビルド公爵邸の警備に戻るか、騎士団に顔を出してから訓練に参加し、そのまま騎士団寮に帰る。

しかし、殿下からクラリス嬢の聴き取りを任された以上、今日はセインジャー邸に戻るのが良さそうだ。


セインジャー家には私も含めて息子が四人いる。

三つ上の長男のディディエは次期侯爵として父の後を継ぐため、司法長官である父の下で補佐をしている。

二つ上の次男アドニアルは交渉能力の高さが認められ、外交官として隣国の領事館に出向している。

一つ上の三男カイルは学者肌で学園卒業後も研究者として残り、今は教師をしながら研究を続けている。

そして四男の私はと言えば文官家系にも拘《かか》わらず脳筋で、早々にペンを捨て剣を取った。

十四で騎士学校に入り、成績優秀者として卒業後はスティング殿下が統括している騎士団に入団。

三年後にはスティング殿下の直属の近衛騎士《このえ》に任命され、それ以降は殿下の手足として（都合よく）使われている。

スティング殿下は王太子としては申し分なく有能で、眉目秀麗《びもくしゅうれい》、剣術にも秀《ひい》でている非の打ちどころのないお方ではあるが、些《いささ》か人使いの荒い傾向がある。

決して無意味な命令はされないし、そういう意味では信頼しているのだが、腹の中では人が振り回される姿を見て楽しんでおられるところはいただけない。

そんな風だからいつまで経《た》っても婚約者が決まらないのだ……という言葉は死んでも本人には言えないが。
二、三番目の兄と私は既に家を出てそれぞれ寮などで暮らしているため、現在セインジャー邸にいるのは両親と長兄だけだ。
クラリス嬢もセインジャー邸に連れて来られていきなり知らない人たちに囲まれるのは気が休まらないだろうから、今日の夕餉《ゆうげ》は私も参加するのが良いだろうと思った。

セインジャー邸に戻り、出迎えてくれた家令のバナードにクラリス嬢の様子を聞くと、特に気落ちした様子もなく今は部屋で休んでいるという。

とりあえず騎士服を着替えてから、母と話をするために母の私室を訪れることにする。

「失礼します。アレンです」

久しぶりに入った母の部屋は、相変わらず所狭しと飾られた花の香りが充満している。

「あら、アレン。久しぶりね」

母は私と同じ翡翠《ひすい》の瞳を真《ま》っ直《す》ぐにこちらに向けている。

「久々に帰ったと思ったら女の子を連れてくるなんて……あなたも隅に置けないわね～」

悪戯《いたずら》っぽく笑う母に、私は溜息《ためいき》をつく。

「そういう事ではないと分かっているでしょう？　揶揄《からか》うのはやめてください」

外では理想の淑女などと持て囃《はや》される母には、実は人をおちょくって愉《たの》しむ悪癖がある。

私も兄たちも、幼い頃からこの母の悪癖に晒《さら》され続けたために女性が苦手になったようなものだ。

「あら、揶揄ってはいないわよ。クラリスは美人だもの。あなたたちの中の誰かに嫁《とつ》いでくれたら嬉《うれ》しいのだけど～」

「……くれぐれもシーヴェルト子爵令嬢には迷惑をかけないでくださいね」

睨《にら》みを利かせながら忠告するが、母は何も言わずに「うふふ」と微《ほほ》笑《え》んでいる。

……これは私が言ったことを守る気がないな。

「ところで……あの子を連れてきたのはただの親切心だけではないのでしょ？」

「まあ、そうですね。事情を聞くにおかしな点がたくさんありましたから」

「少しだけならクラリスから聞いたわよ。……あの子、『春の妖精』を義姉と呼んでいたわ。私たちが知っている『春の妖精』は表向きの姿で、裏では仮面舞踏会などでクラリスの名前を借りて男漁《おとこあさ》りをしているということも」

母の爆弾発言を聞き、私は頭を抱えた。

オスカー様が参加したであろう仮面舞踏会には心当たりがある。

あまりに縁談が纏《まと》まらないのに業《ごう》を煮やしたオスカー様は、ひと月ほど前にとある伯爵家主催の仮面舞踏会に参加した。

仮面舞踏会とは王宮や貴族家が主催する公式の夜会とは違い、身分や家柄関係なく交流を楽しむ目的で、参加者が仮面をつけた状態で開かれる舞踏会のことである。

参加の目的は人それぞれだが、身分や名前、婚姻歴を隠して異性と交流するために参加する者が多い。

オスカー様の場合はそれなりの欲はあるが娼館《しょうかん》を利用するのは体面上宜《よろ》しくないため、仮面舞踏会にて欲を発散させようと考えたのだろう（本人は『低位貴族の風紀調査のため』と言い張っていたが）。

私の役目はあくまでも護衛であり監視ではないため、その夜にオスカー様が誰かと夜を共にしたらしいという報告は受けていたが、相手までは把握していなかった。

ただの一夜の相手を、王宮から派遣されたただの護衛である私が把握する必要もない。

しかしまさか、オスカー様がその相手に本気になり求婚するなど誰が予想しただろうか？

「少なくとも調査の間はクラリスはここに滞在するのでしょ？　それなら、クラリスは私が好きに着飾らせて良いわよね？」

私は嬉《うれ》しそうに声を弾ませる母をじとっと見つめる。

結局、母が一番言いたかったことは最後の一言なのだろう。

「それは私に聞くのではなく、きちんとシーヴェルト子爵令嬢の許可を取ってくださいよ」

また「うふふ」と微笑《ほほえ》んでいる母に十分に念を押してから、母の私室を出る。

何が琴線に触れたのかは分からないが、クラリス嬢は母に随分《ずいぶん》と気に入られたらしい。


母からクラリス嬢の話を聞いていると、ふと今日の出来事が思い出される。

ガルドビルド公爵邸の護衛当番だった私は、朝から公爵邸に詰めていた。

護衛への共有事項として、オスカー様の婚約者候補が屋敷を訪問予定だということは事前に聞いていたが、玄関前で見かけた少女がそのお相手だと、その時は気づけなかった。

なぜならば豪壮な公爵邸の中で、その質素な身なりはとても賓客《ひんかく》のそれと思えなかったからだ。

髪も肌もとても手入れされていたようには見えず、婚姻が可能な年頃とは思えないほど痩《や》せ細った体型。

公爵邸の使用人の方がまだ豊かな暮らしをしていそうなほど、少女の姿は見窄《みすぼ》らしかった。

しかし、たった一人で玄関前に立つ少女を訝《いぶか》しく思い、私が「ご令嬢！」と声をかけた瞬間。

振り返った少女のその細い体に似つかわしくない、溢《こぼ》れそうに大きなアメジストの瞳に見つめられ、私は思わず息を呑《の》んだ。

身なりは確かに質素なのに、どこか気高さを漂わせるその容貌《ようぼう》に、彼女は貴族の令嬢に違いないと確信した。

声をかけ一言二言会話してみて、彼女に何か訳ありの雰囲気を感じた私は、オスカー様に少女について尋ねてみた。

すると、何とその少女こそが本日訪問予定であった婚約者候補だというではないか。

しかも求婚状を出す相手を間違えたので、すぐさま追い返したのだという。

オスカー様のあまりに非道な仕打ちに驚いた私は、慌てて少女を追いかけた。

そして再び話しかけてみると、家には帰れないから修道院に連れて行けだとか、娼館《しょうかん》に連れて行けだとか言う。

いくら女性が苦手な私でも、今にも折れてしまいそうなほどか細い少女をそんなところに追いやれるほど冷酷ではない。

私はほぼ反射的に、生家である侯爵邸に来るよう少女に告げていた。

いきなり少女を連れて行けば家人は驚くだろうが、母に事情を話しておけばきっと悪いようにはならないだろうと思った。

結果、私が考えていた以上に母はクラリス嬢を歓迎してくれたが……。

取り留めもなくそんなことを考えている間にも、脳裏に浮かぶのは彼女のあの煌《きら》めくアメジストの瞳であった。

第二章　侯爵邸で暮らし始めました

フリージア様との面会を終えたあと、バナードさんに部屋で休めと言われて休んでいるけれど、いつもは子爵家でこき使われているから暇でしょうがない。

普通の貴族の女性ってどうやって時間を潰《つぶ》しているのかしら？

義母や義姉の普段の様子を思い浮かべると、やれお茶会だ、やれ夜会だとしょっちゅう出かけていた。

そのためにドレスや装飾品が必要だと言っては街に買い物に繰り出していたのは知っているけれど、屋敷にいる時は何をしていたかはよく分からない。

ただ、よく義姉から命じられてハンカチに刺繡《ししゅう》をさせられていたし、彼女が子爵邸の書庫に出入りしているのを見たことがないので、刺繡や読書を嗜《たしな》んでいたわけではなさそうだ。

もしかしたら、義姉には何か私には想像がつかないような高尚な趣味があるのかもしれない。

そんなことを椅子に座ってぼんやり考えていると、扉がノックされる。

「失礼します。シーヴェルト子爵令嬢、体調はいかがですか？」

返事をすると、部屋に入ってきたのはアレン様だった。

さっきお会いした時は仕事中だったから騎士服だったが、今は白いシャツに黒のトラウザーズというラフな服装だ。

「問題ありません」

「それは良かった。今から夕餉《ゆうげ》なのですが、もし良ければ食堂で一緒に召し上がりませんか?」

どうやらアレン様はわざわざ夕食の誘いに来てくれたらしい。

ちなみに、私は義家族と食卓を囲んだことは一度もない。

子爵家の食卓に、私の分の席や料理は用意されなかった。

毎日厨房《ちゅうぼう》で野菜の切れ端や腐りかけの食材、硬くなったパンなどをもらって、何とか生きられる程度に食い繋《つな》いでいた。

うまく食材を確保できなかった時は、カールやファリタが自分の分の食事を分けてくれたりもした。

「……ご家族で召し上がるのでしょう? 私はお邪魔ではないですか?」

私がそう言うと、アレン様は微《かす》かに眉を寄せてその整った顔に憐《あわ》れみの情を浮かべる。

「迷惑なんてとんでもありません。我が家のお客様を是非家族に紹介させてください」

にっこりと柔和《にゅうわ》な笑みを浮かべるアレン様を見て、この人は優しい人なんだなと思う。

私が気を使わないで済むような言い回しを、敢《あ》えて選んでくれている。

こんな人が女性嫌いの唐変木《とうへんぼく》なんて、誰が信じられるだろう?

「それでは、お伺いします」

「準備がお済みでしたら、私に食堂まで案内させていただけますか？」

「はい、大丈夫です。ありがとうございます」

「では」

アレン様はそう言って、私に左手を差し出した。

私はどうして手を出されたのか分からず戸惑ったが、遠い記憶で、まだ両親が生きている頃に受けたダンスレッスンでお父様に同じように左手を差し出されたことを思い出した。

――これは、エスコート、かしら？

迷いながら差し出された手の上に右手を重ねる。

するとアレン様は微笑《ほほえ》んで私の手を軽く握って部屋から連れ出してくれた。

どうやら、これはエスコートの仕草で合っていたらしい。

アレン様に連れられて一階に降り、突き当たりの大きな扉を開けると、そこは広い食堂だった。

二十人でも座れそうな長いテーブルに、椅子がいくつも置かれている。

一番奥の席、上座には白髪混じりの黒髪の男性が、その手前にフリージア様と淡い栗色の髪の若い男性が向かい合うようにして座っている。

寸分のズレなく綺麗《きれい》に整えられたテーブルクロスに、整然と並べられた磨き上げられて光り輝く銀食器。

さすが侯爵家の使用人の仕事は丁寧だと感心していると、フリージア様は私を手招きして、そばに呼び寄せた。

「来たわね、クラリス。私の隣に座りなさい」

使用人がフリージア様の隣の椅子を引いてくれたので、私はそこに座った。

椅子を引いてもらうのは十年ぶりの経験だったので、タイミングが合わずに膝がカクッとなってしまったのは使用人の彼と私だけの秘密だ。

アレン様が私の対面に座ると、上座の男性が穏やかな笑みを浮かべて言葉をかけてくれる。

「君がクラリス嬢だね。ここに来た経緯はアレンから聞いたよ。私はノイマン・セインジャー。この家の当主だ。そしてこちらはディディエ。この家の嫡男《ちゃくなん》でアレンの兄だよ。妻のフリージアとはもう話したのだろう?」

セインジャー侯爵家のご当主であるノイマン様は、席に着くご家族を手振り付きで紹介してくれた。

ノイマン様はアレン様と同じ黒髪で、サファイアのような美しい青い瞳を持つ。

顔立ちは優しげなアレンとは違い、目が切れ長で怜悧《れいり》な印象を受けるが、口調はとても穏やかで安心感がある。

ノイマン様の挨拶《あいさつ》に合わせ、アレン様のお兄様であるディディエ様もこちらを見て会釈《えしゃく》をしてくれる。

ディディエ様はフリージア様譲りの淡い栗色の髪に青い瞳で、その知的な顔立ちはどちらかというとノイマン様似なのかな。

私が立ち上がって挨拶しようとすると「そのままで」と声がかかり、立ち上がるのをやめ、座ったまま挨拶をする。

「私はシーヴェルト子爵家が次女、クラリスと申します。このように突然お世話になることをお許しいただき、ありがとうございます」

ぺこりと頭を下げると、ノイマン様は鷹揚《おうよう》に頷《うなず》く。

「随分《ずいぶん》大変な目に遭《あ》ったと聞いたよ。しばらくは何も気にせずうちで過ごすといい。私は仕事で屋敷を空けることが多いから、何か困ったことがあれば妻のフリージアか、家令のバナードを頼りなさい」

「ありがとうございます」

「さ、堅苦しい話はこれまでにしましょう。お腹《なか》が鳴ってしまうわ」

フリージア様がそう言うと、タイミングを見計らったように給仕が食事を運んでくる。

オードブルから始まり、スープ、ポワソンと次々に料理が運ばれる。

長らく見ていない美しい料理の数々に目を瞬《しばた》かせていると、前方から「ふっ」と息を吐く音が聞こえる。

目線をそちらに向けると、少しだけ口角を上げたディディエ様と視線が合う。

「お腹《なか》が空いているのかい？」

そう尋ねられ、自然と頬が熱くなる。

料理を見て目を輝かせるなんて、卑《いや》しいと思われたかしら？

「……このような美味《おい》しそうな料理を見たのが初めてでしたので、驚いてしまいました」

「そうか。好きなだけ食べるといいよ」

それからディディエ様は、優しい口調で料理の説明をしてくれた。

その怜悧《れいり》な容姿のために一見冷淡そうに感じられるディディエ様だが、実は優しい方なのかもしれない。

「はい、ありがとうございます」

お礼を言って、スープを口へ運ぶ。

「美味しい……！」

あまりの美味しさに目を見開くと、再び前方で「ふっ」と息を吹き出す音がする。

顔を上げると、ディディエ様だけでなく、アレン様まで優しい笑みを浮かべてこちらを見ている。

見られながら食事をするのを恥ずかしく感じたけれど、私の意識はすぐに目の前の料理に引き戻された。

侯爵邸の料理はどれもびっくりするほど美味しくて、途中までは夢中で食べていたのだが、普段の食事量が少ないからかメインの肉料理が来る頃にはお腹がいっぱいになってしまった。

しかし残してしまうのは勿体《もったい》ないので無理して口に運んでいたのが悪かったのか、だんだん気分が悪くなってきた。

「……クラリス？　大丈夫？　顔色が悪いわ」

フリージア様が私の様子に気づいて声をかけてくれた時には、私はあまりの気分の悪さにじっとり冷や汗をかいていた。

「……少し、気分がすぐれないようです。食事の途中で申し訳ありませんが、下がってもよろしいですか？」

「大変！　誰か、クラリスを部屋に連れて行ってあげて」

フリージア様が声を上げるとすぐさま対面に座っていたアレン様が立ち上がり、ヨロヨロと席を立った私を抱えて部屋に連れて行ってくれた。

「シーヴェルト子爵令嬢、大丈夫ですか？」

部屋に戻る途中でアレン様が心配そうに私を覗《のぞ》き込むが、私はぎこちない笑みを浮かべるので精一杯で何も答えることができなかった。

部屋に戻ると先に戻っていた侍女のレネアさんが既に待機していて、アレン様は私をベッドに寝かせた。

「今医師を呼ばせていますから、そのままお待ちくださいね」

アレン様は私を安心させるようにそう言うと、慌ただしく部屋を出て行った。

いつもならば着替えは一人でするが、レネアさんの手を借りて何とか寝着に着替える。

……うーん、気分が悪いし……お腹《なか》が痛い……。

ベッドに入りしばらく唸《うな》っていると、白衣を着た医師様が部屋を訪ねてきた。

医師様はさっと私の顔を目視すると、優しい声色で質問する。

「……食中毒などではなさそうですが。何か持病がおありですか？」

「いえ、持病ではなく……。お恥ずかしながら、普段はこんなにたくさんご飯を食べないので、胃の容量を超えてしまったようです」

病気でもないのに呼び寄せてしまって、侯爵家の方にも医師様にも申し訳ないわ。

自分の情けなさを感じながらそう言うと、医師様は訝《いぶか》しげな顔をして再び私の手を取って脈を測ったり、まぶたの裏側の赤い部分や舌の色を確認したりした。

「……なるほど。分かりました。それでは、当面は食事の量を減らして、徐々に増やしていくように進言しましょう。胃薬と合わせて眠りやすくなる薬を処方しますので、今日はもうお休みください。寝ている間に食べ物が消化されれば、明日には体調が回復するでしょう」

「分かりました、ありがとうございます」

私が頭を下げてお礼を言うと、医師様は「お大事に」と言って部屋を後にした。

すぐにレネアさんが水を用意してくれたので、医師様に処方された薬を飲む。

しばらくすると眠気がきて、いつの間にか意識を失うように眠ってしまったらしい。

初めて来たお屋敷だというのに、次に私が目覚めたのは図々しくも翌日のお昼過ぎであった。

＊＊＊

――その頃、シーヴェルト子爵邸では。

「こんなクソ不味《まず》いお茶淹《い》れてんじゃないわよ!!」

――ガシャン！


イベリンが薙《な》ぎ払った茶器が激しい音を立てて床に叩《たた》きつけられ、粉々に砕ける。

苛立《いらだ》ちを発散するためにそうしたはずなのに、その音が余計にイベリンを苛立たせる。

侍女は青い顔をして慌てて茶器の破片を片付けているが、その姿すら気に食わずイベリンは侍女の背中を蹴飛ばす。

それもこれもあの女に公爵家から縁談が来たせいだ。

枯れ枝のように見窄《みすぼ》らしくて憐《あわ》れなあの女……。


もともとイベリンの父であるジョージは、とある男爵家の領地の管理官として雇われていた平民で、イベリンたち家族は平民として豊かでも貧しくもない生活をしていた。

ジョージの仕事の関係で男爵家の子供たちと交流することもあったのだが、イベリンは子供ながらに貴族と平民の暮らしぶりの違いについて不満を感じていた。

――どうして私は貴族として生まれなかったんだろう。

平民としての暮らしに不満を抱き、貴族への憧れを深めていた十歳の頃、イベリンに転機が訪れた。

貴族だったジョージの兄がその妻と共に死んで、ジョージがその家を継ぐことになったのだ。

イベリンはしがない平民から一転、憧れていた『貴族のお嬢様』となった。

ジョージが継ぐ子爵邸の門を初めて潜《くぐ》った日、イベリンは希望に満ち溢《あふ》れていた。

しかし、子爵邸にはジョージの兄の忘形見である一人娘が住んでいた。

それがクラリスだった。

クラリスを初めて見た時、イベリンはクラリスのことをお姫様のように可愛《かわい》らしい子だと思った。

しかし、その思いが嫉妬《しっと》と憎しみへ変わるのは一瞬だった。

私が小汚い格好をしているのに、クラリスはあんなに綺麗《きれい》なドレスを着ている。

ただ父が兄より少し後に生まれたというだけで、なぜこんなにも人生が変わってしまうのか？

そんなのは不公平だと思った。

だから、イベリンはクラリスから全てを奪うことにした。

そしてクラリスが見るも無惨な底辺の人間に成り下がるのを見て、溜飲《りゅういん》を下げた。

憧れの貴族の生活を謳歌《おうか》しはじめた頃のイベリンは、この世の全てを手に入れた気分で有頂天であった。

しかし貴族の世界に足を踏み入れて分かったのは、貴族の中にも優劣があるということ。

イベリンが手に入れた『子爵令嬢』という立場は、社交界では全く価値を持たなかった。

だからイベリンは派手に着飾り、外見を磨いた。

全ては高位貴族に見初《みそ》められ、今より高い地位を手に入れるために。

成人して初めての社交界デビューとなったデビュタントボールでは、ダイヤモンドをちりばめた白のドレスを可憐《かれん》に着こなし、会場の視線を攫《さら》った。

それから夜会の度に男たちが話しかけてきて、その容姿を誉《ほ》めそやすようになった。

イベリンが微笑《ほほえ》めば、男は頬を赤くする。

イベリンがそっとボディタッチすれば、男はデレデレと鼻の下を伸ばす。

イベリンがその容姿で群がる男性陣を虜《とりこ》にする術《すべ》を覚えるのに時間はかからなかった。

努力の甲斐あって、社交界で『春の妖精』と呼ばれるまでになった。

……それなのに。

何の努力もしていないクラリスが、公爵夫人という高い立場になるということが、どうしても許せなかった。

そもそもジョージが子爵家を継いでから、イベリンたち家族はクラリスの存在を徹底的に隠してきた。

それなのに、一体どこからクラリスの存在が漏れたのか……。

気が付けばイベリンは、親指の爪を血が出るまでギリギリと噛《か》んでいた。

爪の形を綺麗にするためにしばらく止《や》めていた癖が再発してしまった。

今までは少し嫌なことがあってもクラリスを甚振《いたぶ》れば気が済んでいたのに、昨日クラリスが公爵邸に発《た》ってからそれもできなくなった。

目の前では、背中を蹴飛ばされて床に転んだ侍女が手から血を流しながらフラフラと立ち上がっている。

――何て愚鈍《ぐどん》な女なのかしら？

お父様に言ってクビにしてもらわなきゃ。

苛々《いらいら》しながらそんなことを考えていると、部屋の扉がノックされる。

「……失礼します、イベリン様。ご主人様がお呼びです」

執事のカールが室内の光景にやや驚きながら、しかし冷静な口調で用件を伝える。

「……そう。すぐ行くわ」

イベリンはそう答えると、一切侍女を気遣うことなくさっさと部屋を出ていく。

執務室に向かう途中で、カールが後をついて来ていないことに気づく。

ただの使用人のくせに、主を追従もしないなんて……とさらに苛立《いらだ》ちが加速する。

カールは前の子爵の代から雇われている執事だが、他の使用人のようにイベリンたちの言うことを無条件で聞かないので、イベリンは彼のことが嫌いだった。

だから解雇してほしいとジョージに何度も訴えたのだが、「子爵家の執務のことをよく分かっているのがカールだけだから解雇できない」と言われてしまった。

しかし、子爵位を兄のアラスタが継いだら、カールを絶対に解雇してもらおうとイベリンは考えていた。


執務室に到着し扉を開けると、満面の笑みの父ジョージが早く早くと手招きするので、イベリンはそのままソファに腰掛ける。

「喜べ、イベリン！　来たぞ、縁談が!!」

ジョージは興奮し切っていてなぜか片言になっている。

「お父様、落ち着いて。どこからの縁談なのです？」

「聞いて驚くな……何とあの、ガルドビルド公爵からだ！」

ジョージがそう叫んだ瞬間、執務室に沈黙が流れる。

ガルドビルド公爵といえば、クラリスに求婚してきた人ではないか？

「お父様、何を仰《おっしゃ》っているのですか？　……まさか、私を第二夫人に、という話ではないでしょうね？」

イベリンがジョージを睨《ね》め付けると、ジョージは狼狽《ろうばい》したようにあわあわと手足を忙《せわ》しなく動かす。

イベリンはジョージのこういう貴族らしくない落ち着きのない所作が気に入らない。

情けなく慌てふためく父の姿に、イベリンは小さく舌打ちする。

「ああ、違う、説明の順序を間違えた！　いいか、よく聞け。……クラリスとの婚約は破棄《はき》された！」

「……どういうことですの？」

イベリンはジョージに胡乱《うろん》な目を向ける。

「公爵閣下はやはり求婚相手を間違えたのだ！　あの縁談は最初からイベリンに来たものだった！」

ジョージの話が呑《の》み込めた瞬間、イベリンは自分の中で燻《くすぶ》っていた苛立《いらだ》ちがサァッと霧散していくのを感じた。

そして腹の奥からふつふつと、悦《よろこ》びや快感、優越感や嗜虐心《しぎゃくしん》が湧き上がってきた。

「まあ……それで。私に求婚状が？　……ふふっ、クラリスが婚約破棄《はき》？　……ふふふっ……あっははははは！」

イベリンが突然大声を上げて笑い出したので、ジョージはびっくりして肩を震わせながらも、次第にイベリンに合わせて笑い始める。

「可笑《おか》しくて堪《たま》らないわぁ！　あの見窄《みすぼ》らしい女に縁談なんかくるはずないもの、そうでしょう？　クラリスったら惨めねえ!?　……それで？　クラリスは今どこに？」

イベリンがそう尋ねると、ジョージは笑うのをやめ、はたと動きを止める。

「……そういえば……こっちには戻っていないな」

「うふふ……きっと身一つで追い出されたのでしょうね？　その辺で野垂れ死んで……いえ、いけないわ！　あの女を家族とは思っていないけれど、戸籍上は義妹だものね？」

イベリンの言葉に、ジョージは明らかに顔を引き攣《つ》らせる。

「あ、ああ。そうだな。どこかで倒れでもしては可哀想《かわいそう》だ。すぐに捜索させよう！」

「ええ、そうしてちょうだい。……クラリスが戻ったら、私の侍女として雇うから公爵邸に連れて来てくださる？　私が公爵様にお願いすればきっと大丈夫だわ。……クラリスには、これからも私の手足として働いてもらわなきゃね？」

「……その通りだな！」

ジョージはすっかりその気になって、騎士団に捜索を要請すると言って執務室を飛び出して行った。

執務室に一人きりになってからも、イベリンは笑いが止まらなかった。

——ああ、こんなに愉《たの》しい事ばかりで良いのかしら？

物語のヒロインのように、世の中は私中心に回っているのかもしれないわ！

公爵夫人になって権力を振りかざし社交界を思うままにする想像を膨《ふく》らませるあまり、どうしてオスカーが求婚相手を間違えたのか、一体どこでオスカーと出会ったのかなど、疑問に思わなければならないことがイベリンの頭から抜け落ちてしまっていた。

＊＊＊

イベリン宛の求婚状が届いた次の日。

さっそくガルドビルド公爵家の紋章が入った豪奢《ごうしゃ》な馬車がイベリンを迎えにきた。

イベリンのお気に入りのドレスや宝石を詰め込んだ箱は何と五箱分になってしまったが、一度に馬車に乗り切らないということで、後でもう一度馬車を送ってくれる手筈《てはず》になった。

イベリンは手持ちの中で一番高いローズレッドのドレスを着込み、お姫様のような気分で優雅に馬車に乗り込む。

太陽の光のようなハニーブロンドの自分の髪によく映えるこのドレスを、イベリンは甚《いた》く気に入っていた。

まるで王宮の夜会にでも行くかのように着飾ったイベリンを見て、迎えにきた公爵邸の使者が苦笑いしたことに、彼女は気づいていない。

王都の端の地代の安い土地に建てられた子爵家から公爵邸まではおよそ二時間。

ずっと乗っていてもお尻が痛くならない高性能な公爵家の馬車に、イベリンは大変満足した。

そして二時間の道程を経て、馬車は公爵邸の玄関アプローチ前で停車する。

使者のエスコートを受けて優雅な気分で馬車から降りたイベリンは、豪壮な公爵邸を見上げて目を瞠《みは》る。

それと同時に、自分がこれからこの屋敷の女主人になるということに胸を高鳴らせた。

玄関で家令の出迎えを受け、公爵邸の応接室に案内されて待つこと小一時間。オスカーはまだ来ない。

——この私を待たせるだなんて！

イベリンが段々と苛立《いらだ》ちを募らせてきた頃、応接室の扉が開かれる。

「すまない、待たせたな」

大股で入ってきたのは、艶《つや》やかなベージュブロンドをさらりと靡《なび》かせる非常に端整な顔立ちの男だった。

その透き通るようなアイスブルーの瞳にイベリンは見覚えがあったが、どこで会ったかまでは思い出せない。

男はどっかりとソファに座り、鷹揚《おうよう》に足を組んだ。

「……私はオスカー・ガルドビルド。このガルドビルド公爵家の当主だ。君はイベリン・シーヴェルトで間違いないか？」

クラリスとの婚約を破棄《はき》してまで恋焦がれた相手を目の前にしているにしては淡々と、オスカーは尋ねる。

「はい、間違いございません。私こそが『春の妖精』イベリン・シーヴェルトですわ」

イベリンは立ち上がり淑女礼《カーテシー》をしながら、社交界での自分の通り名を恥ずかしげもなく名乗る。

淑女礼《カーテシー》をしながら胸元をチラリと見せ、男の視線を自分に釘付《くぎづ》けにするのはイベリンの夜会での常套手段《じょうとうしゅだん》である。

これでオスカーも鼻の下を伸ばしてイベリンを見ているはず……そうほくそ笑みながらイベリンが顔を上げると、オスカーは少しも表情を変えずじっと観察するようにイベリンを見つめており、些《いささ》か拍子抜けする。

「……ふむ。私が求婚したのは君で間違いないようだ」

――なぁんだ。

先日は偽者《にせもの》が来てしまったので改めて相手をじっくり確認したかったのね、とイベリンは納得する。

「うふふ。本当は私に求婚なさったのに、いきなり枯れ枝のように見窄《みすぼ》らしい女が来て驚いたでしょう？　手違いがあったようで申し訳ありません」

イベリンは非常に気分が良かった。

公爵という高い地位の者からの求婚というだけでも価値があるのに、その相手がこんなに美《び》丈夫《じょうふ》だとは何という幸運か。

近くで見ると若干薹《とう》が立っているが、そんなことはあまり気にならないほどの美貌《びぼう》だ。

だから調子に乗ってどうでも良いことをペラペラと口にしていた。

オスカーの眉間の皺《しわ》にも気づかずに。

「……いや、それはこちらの手落ちだ。君の義妹にも申し訳ないことをしたと思っている。

「……ところで……初めて出会った夜、君はどうして『クラリス』と名乗ったのかな？」

そうオスカーに問われ、それまで余裕の笑みを浮かべていたイベリンの笑顔が引き攣《つ》る。それと同時に、背中に冷や汗が伝う。

イベリンが『クラリス』と名乗る時。それはすなわち、男を漁《あさ》る時だ。

オスカーはどこまで事情を知っているのか？

イベリンはオスカーの様子を窺《うかが》った。しかしオスカーの表情は先ほどと何一つ変わらず、その心中を窺い知ることができない。

まさか「男漁《おとこあさ》りをするために義妹の名を騙《かた》りました」などと言えるはずもなく、イベリンは必死で言い訳を考える。

そこでふと、イベリンはある夜のことを思い出す。

ひと月ほど前に開かれた仮面舞踏会でのこと。

その日はお酒をしこたま飲んで酔っ払っていたため夜の相手のことをよく覚えていなかったが、確かこんなアイスブルーの瞳をしていた気がする。

「……あの日は仮面舞踏会でしたので、本名を名乗るのは無粋《ぶすい》かと思いまして。それで、義妹の名前を拝借しましたの。……もちろん、義妹には許可を取ってありますわ」

全部真っ赤な嘘《うそ》だが、イベリンがその可憐《かれん》な容姿でしおらしく答えれば信じない男はいない。

……と、少なくともイベリンはそう信じている。

その答えを聞いたオスカーはしばらくイベリンの薄紅の瞳を眺めたあと、口を開いた。

「……そうか」

どうやらあの回答でオスカーは納得したらしかった。

イベリンはホッと胸を撫《な》で下ろす。

「ならば、今までクラリス嬢が社交場に姿を現したことがなかったのはなぜか？　どの者に聞いても、『シーヴェルト子爵家の娘はイベリン嬢だけだ』と言っていて、クラリス嬢のことを知っている者は皆無だった」

次のオスカーの質問に、イベリンの心臓は再び早鐘を打つ。

クラリスが社交場に出たことがないのは、イベリンたち一家がクラリスを虐《しいた》げ、その存在を隠していたからだ。

戸籍上は義妹であるにも拘《かか》わらず、まさか「家族扱いしていなかったから」などと答えるわけにもいくまい。

イベリンは再び必死で言い訳を探した。

「……オスカー様もご覧になった通り、クラリスは非常に痩《や》せていたでしょう？　あの子は生まれつき病弱な子なのです。それで、なかなか外に出すことはかないませんでした……」

涙で薄紅の瞳を潤ませ、オスカーを見上げる。

悲しくもないのに涙を浮かべることなどイベリンにとっては造作もなく、普通の男ならば庇《ひ》護欲《ごよく》をそそられるイベリンの必殺技である。

しかしオスカーは眉ひとつ動かさない。

「……そうか」

そう一言だけ呟《つぶや》いたオスカーに、イベリンは再び胸を撫で下ろす。

「それはクラリス嬢には酷なことをしたな……。婚約を破棄《はき》したとはいえ、彼女のことは悪いようにはしないから安心すると良い」

ハンカチで涙を拭う振りをしていたイベリンは、オスカーの言葉にハンカチの裏で顔を歪《ゆが》ませる。

――「悪いようにはしない」とは？

イベリンはクラリスが地を這《は》う様を見たくてしょうがないのだ。

徹底的に打ちのめしたいのだ。

それなのに、夫となる男はクラリスを救おうと言うのか？

「あのっ……！　それならば、クラリスを私の侍女として雇ってあげてくれませんか？　勘違いとはいえ婚約破棄をされて、傷物扱いになったクラリスに良い縁談も来ないでしょう。そんな義妹を、ずっと側《そば》で支えてあげたいのです！」

あくまでも義妹の心配をする義姉として、イベリンは持てる演技力を全て注ぎ込んでオスカーに訴えた。

オスカーは一瞬少し驚いたように眉を上げるが、すぐに冷静な表情に戻る。

「……先ほど、クラリス嬢は病弱だと言わなかったか？　社交場に出られぬほど病弱な者が侍女として働くことはできまい。今クラリス嬢は然《しか》るべき場所にいて、きちんと医師の診断なども受けられる状態だから安心してほしい」

イベリンは思わず舌打ちしそうになったのをどうにかこうにか堪《こら》えた。

先ほど捻《ひね》り出した言い訳が、結果的に悪い方に働いてしまった。

『クラリスが病弱』という設定では、侍女として側《そば》に置くことは難しそうだ。

しかし、どうにかしてイベリンはクラリスを側に置きたかった。

苛々《いらいら》が募った時の解消先が必要だったし、自分の目の届かないところでクラリスが幸せを摑《つか》むのが嫌だったから。

しかも、オスカーは「クラリスは然るべきところ」にいると言った。

然るべきところとはどこか？

イベリンは思わず親指の爪を嚙《か》みそうになり、ぐっと堪える。

「イベリン嬢。これから君には公爵夫人になるための教育を受けてもらう。早速明日から教師を手配しているので、しっかり務めてほしい」

話の矛先が自分に戻り、イベリンはハッと顔を上げる。

「承知いたしました。必ずオスカー様に相応《ふさわ》しい公爵夫人になってみせますわ」

イベリンは夜会で何人もの男を虜《とりこ》にした妖艶《ようえん》な笑みを浮かべる。

それを見てオスカーは軽く頷《うなず》き、ソファから腰を上げる。

「さて。申し訳ないが私は宰相として忙しく働いている身でね。今日は君と会うために一時的に屋敷に戻ってきたが、またすぐに王城に戻らねばならないのだ。屋敷については家令のダビデに一任しているから、何かあれば彼に聞いてくれ。では、失礼する」

そう言ってオスカーは愛《いと》しい婚約者を目《ま》の当たりにしたにしてはやけにあっさりと、足早に応接室を出て行った。

嵐のように去って行ったオスカーに、イベリンは声をかけるタイミングを失ってしまった。

恋慕っている相手に対する態度とは思えないオスカーの言動に啞然《あぜん》としたのも束の間、イベリンはすぐに公爵夫人として振る舞う自分の明るい未来を思い描いて気分を高揚させた。

自分がとんでもない思い違いをしていることに、未《いま》だ気づかぬまま。

＊＊＊

「次はこっちよ。このパールブルーのドレス」

フリージア様は次から次へと仕立て屋に私のドレスの着替えを指示する。

私がセインジャー侯爵邸に来てから三日、フリージア様は侯爵家御用達《ごようたし》の仕立て屋を屋敷に呼び、朝から私を着せ替え人形にしている。

「うーん。色味はすごく似合っているけれど、形が何だか若々しくないわね？　クラリスはまだ十七歳なのよ。それくらいの初々《ういうい》しさが欲しいわ」

「でしたら同じ生地を使って、こちらのデザインで仕立ててはいかがでしょう。違う色味ですが、形を確認するためにお召し替えしますか？」

「ええ、見せてちょうだい」

「かしこまりました」

仕立て屋はこういったやりとりに慣れているのか、何度着替えを命じられても嫌な顔一つしない。

たった一度だけ義姉の荷物持ちとしてドレス屋に付き合わされたことがあるが、義姉があぁでもないこうでもないと何度も着替えを命じて、店員が大層嫌な顔をしていたことを思い出す。

「……やっぱり、こっちの形の方がいいみたい。さっきの生地で、この形で作ってほしいわ。それから、こっちのオフホワイトのドレスも着せてちょうだい」

……一体これで何着目の着替えだろうか。

まだまだ終わりそうにないこのやり取りに遠い目をしそうになった時、部屋の扉がノックさ

れる。

フリージア様が返事をし、扉を開けて入ってきたのは手にお菓子が入った籠《かご》を持ったアレン様だった。

「あら、アレン。ちょうど良いところに来たわ。今クラリスのためにドレスを仕立てているの。あなたも参加なさい」

「バナードからティータイムの頃には終わっているだろうと聞いて、手土産に菓子を持ってきたのですが……朝から何時間やっているんですか？　いい加減にしないと、クラリス嬢が疲れてしまいますよ」

アレン様は呆《あき》れたような顔でフリージア様を窘《たしな》めながら、お菓子の籠を侍女に渡す。

「もうそんな時間なの？　クラリスにドレスを着せるのが楽しくて熱中してしまったわ。少し休憩しましょうか」

フリージア様がそう言うや否《いな》や、テーブルの上のドレスがさっと片付けられ、魔法のようにティーセットが準備される。

やっぱり、侯爵家の侍女はすごい。

「あのアレンがお菓子を手土産に持ってくるなんてね〜。今までそんなこと一度もなかったじゃない？」

アレン様が持ってきてくれたマドレーヌを美味《おい》しそうに食べながら、フリージア様が意味ありげな笑みを浮かべる。

「母上に振り回されて、クラリス嬢が気疲れしていないかと思って労《ねぎら》いに来たのですよ。母上はいつも好き勝手に生きていらっしゃるので、気疲れなどしないでしょう？」

フリージア様の軽口に、アレン様が眉根を寄せる。

「気配り上手のこの私に向かって、何て失礼なことを言うのかしら？　昔は『かあたま、かあたま』と言って私の後をついて来ていたくせに。男の子は大きくなると可愛《かわい》げがなくなって嫌になっちゃうわ～」

幼少期の話を持ち出されたからか、アレン様は苦虫を噛《か》み潰《つぶ》したような顔をしている。

このお二人は顔を合わせるといつも刺々《とげとげ》しい言葉をぶつけ合うけれど、それは私が義家族からぶつけられた言葉とは全く違う。

どんなに言い合っても、その根底には互いへの信頼や愛があるのがよく分かるもの。

そう考えると、この親子喧嘩《げんか》も大変微笑《ほほえ》ましいもののように思えて、思わず笑ってしまう。

「ふ、ふふ……」

堪《こら》えられずに笑い声を溢《こぼ》すと、二人は不思議そうな顔をして私を見る。

「何か面白いことがあったの？　クラリス」

「す、すみません……ただ、お二人はとても仲がよろしいのだなと思いまして」

「仲が良い……………？」

私の言葉に、アレン様は納得がいかないように首を捻《ひね》る。

いつもは穏やかで泰然とした大人の男性であるアレン様が、母であるフリージア様の前では少し幼くて感情的になるところが可愛《かわい》らしい……なんて言ったら、アレン様は嫌がるかしら？

なかなか笑いが収まらずにクスクス笑っていると、フリージア様とアレン様はよく似た優しい目元を緩やかに細める。

「ふふ。クラリスのその笑顔、とっても素敵だわ。ねえ、アレンもそう思わない？」

「……そうですね。見ているこちらも幸せになるような笑顔だと思います」

突然そんなことを言われ、思わず顔に熱が集まってしまう。

普段褒められることがないので、このような時にどういう反応をすればいいのか分からない。

そのような台詞《せりふ》を爽《さわ》やかに微笑《ほほえ》んでさらりと言ってのけるアレン様は、やはり女性の扱いに慣れているのではないかしら？　と思うのだけれど。

しかし、フリージア様は私に向かって微笑むアレン様を見て、「あなた誰？」とでも言いたげな訝《いぶか》しげな顔をしている。

「それで、今日はいい買い物ができましたか？」

「それなりにはね。でもまだまだ、全然買い足りないわ！」

「母上……まさかご自分の好みを押し付けていませんよね？　クラリス嬢の意見もきちんと聞

いていますか？」

アレン様に質《ただ》され、フリージア様は眉を上げて肩を竦《すく》める。

「すみません……私、今までドレスなど作ったことがなくて。どんなものがいいのか、よく分からないのです」

実際、ドレスを作るにあたりフリージア様は私にどんなものが好みかを聞いてくださった。

だけど、何も答えられなかった。

私は今まで与えられた服しか着てこなかったので、自分で選ぶということが上手《うま》くできないのだ。

申し訳ない気持ちでそう言うと、アレン様とフリージア様から憐《あわ》れむような目を向けられる。

「ドレスを作ったことがないって……あり得ないわね。子爵家でクラリスは一体何を着ていたの？」

「普段はお仕着せを着ていました。それも誰かのお下がりのものでサイズは全然合っていませんでしたが……。義姉にお使いを言いつけられた時は、義母にもらった古着を着て行きました」

「なるほど。ここに来た時に着ていた服ですね」

アレン様はそう言って不快な表情のまま黙り込む。

ここに来た時に着ていたワンピースは、与えられた服の中では一番状態の良いものだったのだけど。

「……クラリスはシーヴェルト子爵の『養女』なのよね？」

「そのように聞いていますが……」

家族として扱われたことは一度もない、という言葉はあまりに情けなくて呑《の》み込んだ。

しばらく沈黙が流れてしまい気まずく感じていると、フリージア様が突然パン！　と音を立てて手を叩《たた》く。

「いいわ！　今までできなかった分、じゃんじゃんドレスを作りましょう。ドレス選びを再開するから、アレンも付き合いなさい」

「……はぁ、分かりました」

フリージア様の勢いに押され、アレン様は溜息《ためいき》をつきつつ頷《うなず》いた。


それからも着せ替え人形の役目はなかなか終わらず、結局私が解放されたのは夕方頃だった。

「……これと、これと、あとそれもお願い。そんなものかしらね？　ああ、クラリスはこれから少しふくよかになる予定だから、それを見越したサイズで作ってちょうだい」

「かしこまりました。それでは後で直しやすいよう布を足して縫製いたしますね」

どんな無茶なお願いでも笑顔で聞く仕立て屋に感心していると、アレン様が二人の間に割って入る。

「こちらのクリーム色のドレスも似合っていました」

「あら、アレン。なかなか見る目があるじゃない？　じゃあこれも追加でお願いね」

「かしこまりました」

さっきまで「クラリス嬢が疲れてしまうからほどほどに」なんて苦言を呈していたアレン様だが、いざ選び始めると私よりも真剣な目つきでドレスを吟味している。

「あの……そんなにたくさんドレスを作っていただいても、着る機会がありません」

「そんなことはないわ。これから私が連れて歩く予定だし、もし全部着られなくてもこの屋敷を出る時に持って行って構わないわよ」

この屋敷を出る時……すなわち、私が平民になる時にはますますこんなドレスなど必要ないと思うが、売って生活の足しにしろということだろうか？

それより、何か不穏な言葉が聞こえた気がするのは気のせいかしら？

フリージア様が、私を連れて歩くですって？

「それは……恐れ多いです。私はご覧の通り、とても貴族令嬢とは言えない見窄《みすぼ》らしい見た目ですし、作法も碌《ろく》に学んでおりません。共にいればフリージア様に恥をかかせてしまいます」

「見窄らしいだなんて……。あのね、あなたは今、掘り出されたばかりの原石なの。それを私の手で世にも珍しい大粒の宝石に磨き上げてみせるわ！　それにね、あなたは確かに作法が不十分なところもあるけれど、基本はしっかりとできているわよ？　きっとご両親の教育が上手だったのね。少し練習すればすぐに完璧なマナーが身につくと思うわ」

両親の教育……か。

もし義両親のことを指しているとしたら、その感想は全く当たっていない。

だってあの人たちから何かを施《ほどこ》してもらったことなど一度もないもの。

だから先ほどの褒め言葉は、実の両親に向けられた言葉だと勝手に解釈しておこう。

心で思うだけなら自由なのだから。

「何だか過大評価をいただいている気がします。がっかりさせてしまったらすみません」

私がそう言うと、アレン様は困ったように眉尻を下げる。

「そんなに気負わなくていいし、謝る必要もありませんよ。母上はあなたを気に入っているし、むしろ母上の趣味の暴走に付き合わせてこちらが申し訳ないくらいだ」

「そうよ。クラリスが来てくれて、私とっても楽しいのよ！　それにもらうなら謝罪の言葉より感謝の言葉の方が嬉《うれ》しいわ」

「母上……感謝の言葉は人に強要するものではありませんよ」

再び二人の軽い言い合いが始まり、その光景に再び笑いが込み上げる。

「ふふっ……お二人とも、ありがとうございます」

私が感謝の言葉を告げると、二人はよく似た柔和《にゆうわ》で温かな笑みを浮かべた。

次の日から、フリージア様は私に『淑女教育』と称して様々なことを教えてくれた。

立ち居振る舞いや食事などの基本的なマナーからお茶会や夜会の作法まで、時には厳しく、時には優しく指導してもらった。

「クラリス。今日は庭園のガゼボでアフタヌーンティーにしましょうか」

フリージア様に誘われ、侯爵邸の庭に出る。

ここに来て一か月余り、綺麗《きれい》なドレスを着てヒールのある靴を履いて歩くのにもだいぶ慣れてきた。

この十年間、何の手入れもされず荒れ放題だった髪と肌は、十分な食事が取れるようになっただけでかなり状態が改善された。

子爵家にいた頃は冷たい井戸水で髪や体を流すだけだったのだが、侯爵邸では毎日お湯を使って湯浴みができるのには驚いた。

湯上がりに髪に良い匂いのする香油を塗ったり、肌に化粧水なるものを塗ると、艶《つや》のあるしっとりとした髪と肌になるということを初めて知った。

今日も朝から、無愛想な侍女のレネアさんが手際よく私の髪を可愛《かわい》らしく結って薄化粧を施してくれた。

一か月前のような見窄《みすぼ》らしい私ではなくなったけれど、淑女の鑑《かがみ》のようなフリージア様と並んで歩くのは何度経験しても気後《きおく》れしてしまう。

「ほら、クラリス見てみて。あそこに咲いているアイリスの花は今の季節が見頃なのよ。ふふっ、あなたの瞳と同じ色ね？　お花にはそれぞれ花言葉っていうのがあって、アイリスの花言葉は『希望』『よい便り』……あら、今のあなたにぴったりの花じゃない。後でお部屋に飾らせるわね」

ガゼボに向かう道中でも、フリージア様は様々なことを教えてくれる。

花が綺麗《きれい》だということは知っていたけど、その花の見頃がいつかとか、花言葉が何かなんて考えたことがなかった。

与えられた仕事をこなすのに必死だったから、そんなことを楽しむ余裕もなかったし。

贈り物として花を贈る時に役立ちそうだから、あとで侯爵邸の書庫で花言葉に関する本を探して読んでみよう。

ガゼボに到着すると、既にテーブルには色とりどりのお菓子と、庭園から切り分けられたらしい花が飾られている。

席に座ると、あらかじめ待機していたフリージア様の侍女が紅茶を淹《い》れてくれる。

ふわりとアールグレイの良い香りが立ち、少し緊張して強張《こわば》っていた体が緩む。

……紅茶は毎日イベリンに淹れさせられていたから、種類についてはそれなりに知っているのよね。

フリージア様に教えてもらった通り、カップの持ち手を指でつまみ、音がしないように持ち上げて口をつける。

うん、美味《おい》しい。

ちょうど良い温度にちょうど良い濃さ。

さすが侯爵邸の侍女が淹れた紅茶は美味しいわ。

「……クラリス。ここでの生活はどう？　慣れたかしら？」

侍女の腕前に感動しているところにフリージア様から声をかけられ、慌ててカップをソーサーにぶつけて音を立ててしまう。

「あっ！　……すみません……」

「ふふ、大丈夫よ。落ち着いて」

フリージア様から子供を見守るように優しく見つめられ、恥ずかしさで顔が赤くなるのを感じながら、気合を入れ直して背筋を正す。

「っ……このように慣れないことも多々ありますが……とても充実した生活を送らせていただいています」

「そう、それは良かった。マナーなんかは実践すればするほど身につくのだから、そんなに緊張して体を硬くしなくて良いのよ」

フリージア様の優しい言葉にホッと胸を撫《な》で下ろす。

何て心の広いお方なんだろう。

子爵家で同じ粗相をしようものなら、イベリンからどんな目に遭《あ》わされるか分からないわ。

「そういえばあなた、レッスンがない時は何をして過ごしているの？　どこかに出かけている風でもないけれど」

フリージア様にそう尋ねられて、私は口籠《くちご》もる。

……結局、私は時間を潰《つぶ》すのに有効な趣味を見つけられていないのだ。

「えっと……子爵家では一日中働き詰めだったので、実は何もない時間は手持ち無沙汰《ぶさた》なんです……。何をすれば良いのか分からなくて」

「ああ……そうなのね。…………」

私が正直に答えると、フリージア様は厭《いと》わしげに眉を動かして何かを考え込んでしまった。

何か機嫌を損ねるようなことを言ってしまったのかしら……と少し不安に思った瞬間。

「…………いいわ。それなら、私があなたに『淑女の余暇の楽しみ方』を教えてあげる」

フリージア様は悪戯《いたずら》っ子のような笑みを浮かべ、パチンとウィンクをした。

「クラリスがどんなものを気にいるのかが分からないから、とにかく色々やってみましょう。その中から好きなことを選べば良いわ」

選ぶ――――それは私が今まで散々諦《あきら》めてきたことだ。

でもフリージア様は、私に「選んで良い」のだと言う。

心がほんのり浮き足立つのを感じながら、私はカップに残った紅茶を飲み干した。

その後フリージア様は宣言通り、私に余暇の過ごし方をたくさん教えてくれた。

刺繍《ししゅう》に読書、楽器や乗馬、時には着飾って観劇や絵画鑑賞に連れて出してくれた。

おかげで私はそんなに器用ではないけれど体を動かすことは得意だということや、本を読んで新しい知識を増やすのが楽しいということが分かった。

私が本を読むのが好きだと知ると、フリージア様は淑女教育に加えて王国の歴史や政治などの一般教養、数学や法律などの専門教養を教える教師を呼んでくれた。

これまで貴族として勉強をさせてもらえなかった私にとって、教師から指導してもらえる時間はとても胸躍るものだった。

両親が亡くなってから今までは日々の仕事をこなすことに精一杯で、余計な知識を学ぶ暇も必要もなかったから。

それにしても、フリージア様の博識ぶりには本当に驚かされる。

食事の時に侯爵であるノイマン様と嫡男《ちゃくなん》ディディエ様が領地管理や商売の話、国際情勢の話などで議論を始めることがあるのだけど、時々フリージア様も議論に参加してお二人がハッとするような意見を述べられることがある。

……正直言って私にはちんぷんかんぷんな内容なのだけど。

いつか私もフリージア様のようにたくさんの知識を身につけて、それを基に自分の意見をはっきり述べられるような、強い女性になりたいと憧れる。

それにフリージア様は所作もとても美しくて、本当に高貴な方とはこのように品があるものなのだと初めて実感させられた。

子爵家にいた頃は、義母や義姉のように派手に着飾り、香水をこれでもかと振り撒《ま》き、毎日どこの家の令息が素敵だとか、どこの家は裕福だから狙い目だとか、そんな話をするのが貴族女性というものだと思っていた。

しかしフリージア様を見ていると、その考えは完全に間違いであったと言わざるを得ない。

少なくとも、義母や義姉のような女性とフリージア様は相容《あいい》れないだろう。

もうすぐ平民になる身でおこがましいかもしれないけれど……こんな私でもフリージア様のような素敵な女性になれるだろうか？

七歳以降、まともな教育を受けられなかった私が覚えなければならないことはたくさんある。

お茶の飲み方ひとつとっても、平民のそれと貴族のそれとでは全く異なる。

近い将来、平民として生きていくことになっても、ここで学ばせてもらったことはきっと無駄にはならないと思うから。

素晴らしい機会を与えられたことに感謝して、教えてもらったことを精一杯身につけようと心に決めた。

マナーレッスンが終わり部屋に戻って本を読んでいると、扉がノックされる。

「クラリス嬢、少しお話宜《よろ》しいですか？」

扉から顔を出したのは、騎士服姿のアレン様だった。

「アレン様、お帰りなさいませ。もちろんいいですよ」

私は座っていたソファから立ち上がり窓際のテーブルの方へ移動し、アレン様が腰掛けた椅子と対面の椅子に座る。

アレン様がいらっしゃるのと同時にレネアさんが入室し、テーブルに紅茶を並べてくれる。

「本を読まれていたのですか」

「あ……はい、フリージア様にお勧めいただいた歴史書を少し。習ったことを忘れないようにしたくて」

私がそう答えると、アレン様はその整ったお顔に柔和《にゅうわ》な笑みを浮かべる。

「そうですか。クラリス嬢は努力家ですね」

ただ本を読んでいただけなのに褒められ、気恥ずかしさを感じ笑って誤魔化《ごまか》す。

実は私が侯爵邸に来て以降、アレン様は二、三日に一度の間隔で私を訪ねてくる。

最初の頃、アレン様が尋ねてくることは私の子供の頃の話や子爵邸でどのように暮らしていたかということばかりだった。

私の事情をあらかた話し終えてもこうして顔を出してたわいもない話をしてくださるのは、きっと私が初日に倒れたりしたので色々気を使ってくれているのだろうと思う。

「ここでの暮らしで何か困ったことはないですか？」

「困ることなどあるはずがありません！　むしろ、こんなに色んなことが経験できるなんて夢のようだし、恐れ多いくらいで……」

「本来あなたが受けて当然の待遇なのだから、そんなに遠慮しなくていいんですよ」

フリージア様はアレン様を『唐変木《とうへんぼく》』と言っていたけど、私から見たアレン様はとても優しく親切だ。

こんなに気遣ってもらうのも申し訳ないくらいなのだが、おそらくこの身に余る待遇ももうすぐ平民となる私への餞《はなむけ》のようなものかもしれない。

「私はこの通り、頭を使うよりも体を使う方が得意なもので……学者肌の兄たちと違って、本を読むのはあまり得意ではないんですよ」

アレン様は苦笑いをしながら、胸に輝く近衛《このえ》の証《あかし》である胸章を指で弾《はじ》いた。

「そうなのですね。そういえばディディエ様は本をたくさんお読みになりますね。先日、私にも分かりやすい建国神話の本を教えてくださいました」

「ディディエ兄上が？　……そうですか」

私の言葉に、アレン様は驚いたように眉を上げる。

ディディエ様はセインジャー侯爵家のご嫡男《ちゃくなん》で、アレン様の一番上のお兄様だ。

今の話にアレン様が驚く要素があっただろうか？　と首を捻《ひね》ると、アレン様は少しだけ口元を緩めてふっと笑う。

「ディディエ兄上は侯爵家の後継で有能な方だから、ご令嬢方に大層人気があるのですけどね。ご令嬢に話しかけられても一切表情を崩さず無駄話もしないので、令嬢の間では『難攻不落の城』なんて呼ばれているらしいですよ」

「そうなんですか？　いつもディディエ様に質問をするとたくさんのことを教えてくださるので、お話し好きな方かと思っていました」

私がそう答えると、アレン様はさらに目を丸くする。

「……驚きました。私が思っていたよりディディエ兄上はクラリス嬢に心を開いているようですね」

そう言って微笑《ほほえ》んだアレン様の笑みがいつもの優しさだけでなく、少し複雑な色を含んでいたのがなぜか印象に残った。

閑話　～侍女レネアの独白～

その日、侍女である私がいつものように旦那様と奥様、嫡男《ちゃくなん》のディディエ様の昼餐《ちゅうさん》の給仕を終えたあと、私が勤めるセインジャー侯爵邸は俄《にわ》かに騒がしくなった。

先ほど家令のバナード様が伝令から先触れを受け、どうやらこの後すぐにご子息のアレン様がお客様を連れて侯爵邸に戻られるらしい。

奥様譲りの優しげな美貌《びぼう》のアレン様に仄《ほの》かに憧れを抱いている私の胸は、知らせを聞いた瞬間からドキドキと高鳴り出す。

セインジャー家には四人のご子息がいらっしゃって、私は二番目と三番目のご子息にはお会いしたことがない。

長兄のディディエ様も侯爵様に似て麗《うるわ》しい見目をされているけれど、怜悧《れいり》な眼差《まなざ》しといつも冷静沈着な様子が近寄りがたい印象を受けるのよね。

それに比べてアレン様はフリージア様によく似た優しげな面差《おもざ》しで穏やかな雰囲気を纏《まと》っていらっしゃって、私はその素敵なお姿を一目見た瞬間から目が離せなくなってしまった。

だけどアレン様は三年前に王城にお勤めになってから、数えるほどしか侯爵邸にお顔を出されていない。

アレン様のお顔がもっと見られれば嬉《うれ》しいけれど、お帰りになる時間がないぐらい王城で近《この》衛《え》騎士として活躍されているかと思うと、それはそれで誇らしい。

ああ、もちろん私がアレン様とどうこうなりたいなんて大それたことは考えていない。

私はしがない貧乏子爵家の娘だし、侯爵令息であられるアレン様とは身分的に釣り合わないことぐらい、きちんと弁《わきま》えている。

私ぐらいの心構えがないと、由緒正しいセインジャー侯爵家の侍女としては務まらないのだ。

「あ、レネア！　聞いた？　この後アレン様が戻られるんだって～！」

藁色《わらいろ》のおさげを揺らしながら話しかけてくるのは、奥様付きの侍女エリサ。

侯爵邸で働き出したのは私の方が先輩なのだが、私とエリサはどちらも二十歳と同い歳なのでエリサは私に気安く話しかけてくる。

「ええ、聞いたわよ。こんなに急に戻られるなんて珍しいわよね」

「私、二年前にここで働き始めたじゃない？　アレン様には一度しかお会いしたことないのよ！　あ、もちろん夜会では何度かお見かけしたことはあるけどね。ああ、早くあの綺麗《きれい》なお顔を間近で拝見したいわ」

エリサは頬を赤らめてうっとりと虚空《こくう》を見つめている。

貧乏な実家の経済的支援のために働き出した私と違って、エリサは裕福な子爵家の出身で行儀見習いとして侯爵邸に入ったから、どうもご子息との縁談を狙っている節があるのよね。

アレン様はその見目麗《うるわ》しさに加えて王太子殿下の覚えもめでたい近衛《このえ》騎士であるということも魅力的で、高位貴族のご令嬢からも次々に釣り書きが届くと聞く。

私たちのような一介の侍女が夢を見て良い相手ではないのだから、しっかり釘《くぎ》を刺しておかなくちゃ。

「あのね、エリサ。アレン様はあまり女性を寄せ付けない方だから、不躾《ぶしつけ》にジロジロ見つめたりしては駄目よ」

「は～い、分かってますよぉ～」

私に注意されたのが気に食わなかったのか、エリサは頰を膨《ふく》らませて去って行った。

それとほぼ同時に家令のバナード様に呼び止められ、振り返る。

「レネア。これからアレン様がお客様を連れて来られるから、客間を整えてくれないか。クローゼットに十着ほどドレスを用意しておいてほしいのだが、奥様のお持ちのものから見繕《みつくろ》ってもらってくれ。それからお客様が滞在される間の側付《そばづ》きを君に任せるから、しっかり頼むよ」

「お客様ですか？　……分かりました」

表面上は冷静を装って返事をしたけれど、内心は心臓がバクバクと脈打っていた。

ドレスを用意するということは、アレン様が連れて来られるお客様は女性だということだ。

侍女をつけてもてなす必要がある女性のお客様、それってつまり……。

再びバクバクと動き出した心臓と、思考の定まらない頭のまま、私は客間の準備に取り掛かった。

準備を終えて一階に降りると、玄関付近が俄《にわ》かに慌ただしくなっていた。

アレン様が仰々しい出迎えは要らないと仰《おっしゃ》ったそうで、お客様の出迎えはバナード様だけ。

私やエリサ、その他のアレン様の『お客様』が気になる使用人たちは、玄関からは見えないところから出迎えの様子を窺《うかが》った。

「えっ！　アレン様のお客様、女の人なの？　ショック〜」

エリサは若干泣きそうになりながらも、柱の陰から玄関を覗《のぞ》いている。

その時、玄関の扉が開き、アレン様にエスコートされたお客様が入ってきた。

「シーヴェルト子爵令嬢様ですね。ようこそいらっしゃいました」

バナード様がそう言って出迎えた相手を見て、私は目を瞠《みは》った。

アレン様に手を引かれて入ってきた女性が着ているのは、とても貴族が着るものとは思えない煤《すす》けたワンピース。

その裾や袖から覗く手足は痩《や》せ細っていて、髪や肌には艶《つや》やかさが全くない。

頬骨が浮いた顔から溢《こぼ》れ落ちそうなほど大きなアメジストの瞳が、不安そうに揺れていた。

「……あれが、アレン様のお相手？」

側《そば》で見ていたエリサが小さな声で呟《つぶや》く。

私はどうにもモヤモヤとした思いを抱えながら、お客様のお世話のために客間へ向かった。

アレン様が連れてこられたお客様はクラリス・シーヴェルト子爵令嬢と言って、どうやらアレン様の縁談のお相手というわけではないらしい。

それはそうよね。

貧富の差はあれど私と同じ子爵令嬢なわけだし、侯爵子息であるアレン様とは釣り合う身分じゃない。

それに……言っては悪いけど、あの貧相な容姿ではアレン様の隣に立てるはずがないもの。

もしアレン様が彼女を連れて歩けば、「枯れ枝を持ち歩いてる」などと言われて馬鹿にされるに違いないわ。

そう考えることで胸の不快感を少しは抑えることができたのだが、クラリス様のお世話をすると彼女が何か事情を抱えていることはすぐに分かった。

彼女は十七歳とは思えないぐらい体つきが華奢《きゃしゃ》で、その体のいたるところに傷があった。

髪や肌、手先など貴族令嬢であれば手入れをしていて当然の部分も、まるで一度も手入れをしたことのないかのように荒れていた。

極め付きは、侯爵邸に来た日の晩餐中《ばんさんちゅう》に倒れてしまったことだ。

クラリス様が倒れた直後、もしや料理に良からぬものが混ぜられたんじゃないかと使用人たちは戦々恐々としたが、医師の診断によるとただの『食べ過ぎ』だったらしい。

ただの食べ過ぎで大騒ぎするなんて傍迷惑《はためいわく》だわと思う反面、あれっぽっちの食事量で食べ過ぎと言われるなんて、今まで何を食べて生きてきたのだろう？　と疑問に思う。

次の日から、クラリス様のお食事は初めは少なめにして、徐々に量を増やすようお達しが出た。

「ねぇ、レネア。あのクラリス様って何者なの？」

クラリス様が侯爵邸に来て一か月ほど経《た》ったある日、休憩時間が重なったエリサがそう尋ねてきた。

「何者って……子爵令嬢だと聞いているけど。何か事情がありそうだということ以外は、何も知らないわ」

「ふーん……」

何か思うところがありそうな生返事に、私は身を乗り出す。

「なに、エリサは何か知ってるの？」

普段ならお客様を詮索《せんさく》するような野暮《やぼ》なことは絶対にしないのだが、私はクラリス様の素性が凄《すご》く気になっていた。

なぜならばクラリス様が屋敷に来てから、今までは滅多《めった》にこちらに顔を出されなかったアレン様が頻繁《ひんぱん》に戻られるようになったからだ。

アレン様はこちらに来られると、必ずバナード様にクラリス様の様子を確認される。

それから時間がある時はクラリス様と談笑されたり、クラリス様の授業の様子を見られたり、昼餐《ちゅうさん》や晩餐《ばんさん》に参加して帰られる。

アレン様の行動は恋情からくるものというよりは子を見守る親のようであり、クラリス様が侯爵邸に滞在しているのも何か事情があってのことだということは分かっている。

分かっているのだが……。

「……正直、あの人……な～んか気に入らないのよねぇ」

エリサの呟《つぶや》きに、私はハッと顔を上げる。

本来ならば、邸の使用人が主人の客人を貶《けな》すなど言語道断だ。

だがほんの一瞬、エリサの言うことに同意してしまう自分がいて……エリサの発言を諫《いさ》めるタイミングを見失ってしまった。

「クラリス様がお屋敷に来てから、フリージア様が付きっきりで色々教えてあげているじゃない？　行儀見習いで侯爵邸に来て二年になるけど、私なんかあんな風にフリージア様から直接何かを教えてもらったことはないわ。クラリス様が子爵令嬢だというなら、私と身分は同じじゃない。何であの人ばっかり！　って思っちゃうのよね～」

ああ、そうか……私の胸の中に巣食う不快感の正体は、『不公平』だと感じていることなんだわ。

クラリス様は子爵令嬢、私だって子爵令嬢。

なのにあちらはアレン様に気にかけてもらえるのに、私はただの使用人で、眼中に入っているかどうかも分からない。

どうしてあの人ばかり？　って思ってしまうのは、私だけではなかったんだ。

「……確かにいくらクラリス様に事情があるとはいえ、ただの子爵令嬢にあそこまで手厚く世話をする理由は何なのかしら」

私たち一介の使用人には、クラリス様の詳しい事情は知らされていない。

バナード様からは「侯爵家のお客様なのでしっかり世話するように」としか言われていないし。

「実は国王陛下のご落胤《らくいん》とか？」

「まさか～！　王族の方は皆金髪に碧眼《へきがん》よ。クラリス様とは似ても似つかないわ」

そんな軽口を叩《たた》いていると、エリサが何か良からぬ企《たくら》みを思いついたのか、急に悪い笑みを浮かべる。

「……ねぇ、どんな事情があるにしろ、あの人のために私たちがそこまで心を砕く必要ってあるかしら？」

「どういう意味？」

「よく考えてみてよ。私たち、侯爵家の方々に仕えるためにここに来たのよ？　シーヴェルト子爵家って高位貴族家の分家筋でもないし、アレン様の婚約者ってわけでもないなら私たちがあの人に遜《へりくだ》る必要もないじゃない？」

エリサにそう言われて、私はクラリス様を思い浮かべてみた。

初めて来た時から比べると見目はだいぶ貴族らしくなったとはいえ、所作や話し方は全く洗練されておらず、私のような侍女に限らず庭師にすら敬語で話しかける有様で、貴族の矜持《きょうじ》も何も感じられない。

とてもではないが敬う対象にはなり得ない。

「……そうね。エリサの言う通り、彼女は私たちが仕えるのに値する人だとは思えないわ」

私だって貴族の端くれとして、仕える人ぐらいは自分で選びたい。

それに、クラリス様にお側《そば》で尽くすだけの価値があるとは思えない。

「この間フリージア様とバナード様が話されてるのをチラッと聞いたのだけど。クラリス様って、子爵家では下女として働いていたらしいわよ。もしかして庶子《しょし》なんじゃない？」

子爵家で下女として働いていたなら、あんな風に痩《や》せ細っていたのも髪や肌が荒れていたのも納得できる。

それに十七歳なのに社交の場で見かけたことがないのも、庶子ならば社交デビューさせてもらえないことはあり得ない話ではない。

「シーヴェルト子爵家ってあれよね？　『春の妖精』の」

「ああ……『春の妖精』がいるなら庶子の出番はないかもね」

「彼女なら良いところに嫁《とつ》ぎそうだもの」

そんな用無しの庶子がどういう理由でこのセインジャー侯爵邸に滞在しているのかは知らないけれど、私の中でクラリス様は完全に仕えるべき対象ではなくなった。

そして私は侍女としてあるまじき行動を取るようになる。

第三章　侯爵邸での生活に慣れてきました

侯爵邸に来て三か月。

午前中は外部教師による授業、午後はフリージア様が邸にいらっしゃる時は一緒にマナーレッスンも兼ねたお茶会をして、夕方から晩餐《ばんさん》までは自由時間という贅沢《ぜいたく》な生活を送っている。

センジャー家の皆さんには本当に良くしていただいて、私なんかがこんな待遇を受けていいのだろうかと恐縮してしまうほどだ。

夢のように充実した日々を送る一方で、滞在が長くなるにつれ困ったことも起きてきた。

それは、私の存在を良く思わない使用人が出てきたということだ。

こちらに来たばかりの頃は環境の変化についていくのに必死で気づけなかったが、思えばはじめから使用人たち、特に女性使用人の視線は冷たかった。

そりゃあ、いきなり居候《いそうろう》としてやってきた身なりも育ちも悪い小娘が、客人として侯爵夫人に気にかけてもらえるんだもの。

使用人の立場からすれば、気に食わなくても当然だと思う。

でもさすが侯爵家の使用人と言うべきか、視線や態度で何となく敵意を感じるものの、あからさまに言葉や行動で示されることはなかった。

私付きとして紹介された侍女のレネアさんも、当初は無愛想ではあるけれど仕事はきっちりこなす人だった。

それがいつしか私の身の回りの仕事に関しての丁寧さがなくなっていった。

最初は朝に持ってくる洗顔用の水が冷水だとか、湯浴みの後に用意された下着が洗濯されていないものだとか、ちょっとした変化から始まった。

はじめは「レネアさんのように完璧な人でもミスをするのね」ぐらいにしか思っていなかった、私も相当鈍感だけれど。

そのうちに私が文句を言わなかったから勢いづいたのか、逆に嫌な顔をしないのが気に障《さわ》ったのかは分からないが、段々と嫌がらせが大きなものへと変わっていった。

ベッドのシーツが全く替えられない、花瓶に生けた花は枯れても取り替えられないなどは序の口で、そのうちに夫人がいない時間は食事に呼ばれなくなった。

遂には湯浴みの湯までもが冷水になり、最終的には私が滞在する客間に侍女がやってくることはほとんどなくなった。

この頃になると、いくら鈍感な私でもこれが嫌がらせだと理解した。

邸内を歩いていると、レネアさん以外の使用人からも聞こえるように嫌味を言われることも増えた。

だけどはっきり言って、これしきの嫌がらせは私にとって何の負荷にもならない。

なぜなら、私は子爵家でもっと酷《ひど》い扱いを受けてきたのだから。

嫌がらせを受けているとは言っても罵声《ばせい》を浴びながら暴力を振るわれることはないし、食事だって一日一回は豪華なものが食べられるんだから全く不満はない。

シーツが替えられないなら自分で洗えばいいし、枯れた花は自分で生け直せばいい。

食事を一食二食抜いたところで死にはしないのは、既にこの身で実証済みだ。

子爵家では毎日井戸水で体を清めていたから、湯船に張ってあるのが水であろうと動じない。

部屋の掃除など、私にとっては造作もないことだ。

身支度はもともと一人でやっていたから部屋に侍女が来なかろうと困ることもないし、そもそも私に侍女がつくこと自体が身の丈に合っていなかったのだ。

だから、考えようによっては本来あるべき姿に戻っただけとも言える。


今日も私は一人で身支度を済ませると、食堂へ向かう。

途中すれ違った複数人の侍女が「身の程が分からないって滑稽よね～」「やっぱり礼儀もなってない末端貴族令嬢だから面《つら》の皮が厚いのかしら？」などとまるでこちらに聞かせるように話しているが、私にとっては暴言にもならないので全く気にならない。

ここに来てからは毎朝フリージア様と一緒に朝食をとるので、私の分の食事は必ず用意されていると分かっている。

それだけで食堂へ向かう足取りは軽い。

「おはよう、クラリス。私はアーバル伯爵夫人の読書サロンに顔を出す予定だから、今日は好きなことをして過ごしてね」

王宮で重要な役職に就かれているご当主のノイマン様と嫡男《ちゃくなん》ディディエ様は朝早くから王宮に出仕されていて、今日はフリージア様と二人でいつもよりゆっくりの朝食だ。

「はい、分かりました。先日連れて行っていただいた歌劇『オーリンの泉』がとっても素晴らしかったので、今日は歌劇の元になったオーリン女神の伝承についての本を書庫で探すつもりです」

「あら、あの話が気に入った？　それなら書庫にある『青薔薇《あおばら》の塔』も読んでみて。きっと気に入ると思うわ」

いつものようにフリージア様と共に朝食をとりながら、たわいもない話をする。

今日はフリージア様が外に出られるということは、昼食はないと思った方が良いわね。

お昼の空腹を乗り切るため、普段より多めに朝食をお腹《なか》に入れておこう。

朝食を終えると、フリージア様は支度をして外出された。

フリージア様を乗せた馬車が完全に屋敷を離れるのを見届けると、私は侯爵邸で誂《あつら》えてもらったドレスを脱ぎ、子爵家から着てきたボロのワンピースに着替える。

井戸に行きバケツに水を汲《く》んでくると、布巾《ふきん》を濡《ぬ》らして固く絞ったもので部屋の隅々まで拭きあげる。

「ふぅ。やっぱり掃除すると気持ちいいわね」

実のところ、掃除は嫌いじゃない。

自分の努力が部屋が綺麗《きれい》になるという形で目に見えるから、達成感があるのよね。

一通り掃除が終わると、バケツを片付けがてら庭に出る。

掃除に熱中していたから気が付かなかったけれど、いつの間にか日が高く昇っている。

侯爵邸の広い庭を歩いていると、見慣れた麦わら帽が目に入る。

「おはようございます、ロッシェさん」

私が声をかけると、麦わら帽の男性がこちらを向く。

「……ああ、クラリスか」

ロッシェさんはそのグレーの瞳を細めて私を認めると、短く返事をする。

侯爵邸の庭園の管理を任されている庭師のロッシェさんは、仕事熱心だが寡黙《かもく》で無愛想だ。

そしておそらく、ここ最近定期的に花を貰《もら》いにくる私を新人の使用人か何かだと思っている。

「そろそろお部屋のお花を入れ替えようかと思うんですが、今が見頃のものはありますか？」

私がそう尋ねると、ロッシェさんは持っていた剪定鋏《せんていばさみ》で少し先の花壇を指し示す。

「……お、このダリアはちょうど見頃だ。奥様は黄色を好むから、黄色いやつを持って行けばいい」

「ダリアですね。うわあ、本当に綺麗に咲いてる」

私はダリアの花壇に近づき、よく咲いているのを選んで黄色の花と白色の花を一輪ずつ鋏《はさみ》で切った。

「貸してみろ」

そう言われて花を手渡すと、ロッシェさんは手際良く葉を落として茎の先を斜めに切った。

「こうしておけば花が長持ちするはずだ」

「ありがとうございます。勉強になります」

私が笑顔でお礼を言うと、ロッシェさんは再びグレーの瞳を細める。

ロッシェさんは寡黙で表情の変化が分かりにくい人だけど、何度か顔を合わせるうちに彼が目を細めて目尻の皺《しわ》が深まる時は微笑《ほほえ》んでいる時だと分かるようになってきた。

シーヴェルト子爵家では使用人仲間からも疎《うと》まれていたから、ロッシェさんの親切に心が温かくなる。

それに、子爵家にいた頃は自分の部屋に花を飾るなんて夢のまた夢だった。

綺麗な花を手に足取り軽く部屋に戻る道中、空を見上げると、雲ひとつなく青空が澄み渡っている。

そうだわ、今日は雨が降らなそうだから午前のうちに洗濯までしてしまおう。

私は部屋に戻って庭から切ってきた花を生けると、ベッドのシーツや枕カバーを外し、汚れた下着などと一緒に籠《かご》に突っ込んで再び外に出た。

井戸のある水場では既に下働きのメイドたちが洗濯を終え、大きなタライが乾燥させるために壁に立てかけられていた。

私はそのうちの一つを取って井戸水で満たし、洗濯室から拝借してきた洗剤を使って洗濯を始める。

洗濯は真冬には辛《つら》い仕事だけど、今日のような初夏の汗ばむ日には井戸水が冷たくて気持ちがいいのよね。

私はワンピースの裾を曲げて結んで短くし、靴と靴下を脱いで裸足《はだし》でタライに上がると泡立った水に思いきり足をつけた。

はぁ～、冷んやりして気持ちいい！

「ん～～～～～♪」

気分が良くなった私は、先日感銘を受けた歌劇の曲を口ずさみながら、リズミカルに洗濯物を踏み踏みする。

ここは外だし、辺りに人もいないし、少しぐらい声を出しても誰にも気づかれないわよね？

「んん～～～～♪」

足踏みするたびにタライの水がパシャパシャと音を立て、まるで私の歌の伴奏のようだ。

ふふっ、こうしていると、子爵家で下女の仕事をしていた時に乳母《うば》のファリタと一緒に洗濯していたことを思い出すわ。

義家族がいる前で私を庇《かば》うと咎《とが》めを受けてしまうため、私にも厳しい態度で接していたファリタ。

だけど二人きりで仕事をする時には童話や童謡を聞かせてくれたり、平民として生活するのに必要な知識を教えてくれたりしたのよね。

晴れた日には、いつもこうして歌いながらタライを踏み踏みしたものだったわ。

数少ない子爵家での楽しい記憶を思い出し、気分が乗った私は歌劇の役者にでもなった気分でタライの上でくるりと一回転する。

「ジャ〜ン！」

そして曲はフィナーレを迎え、私は両手を広げてポーズを決めて顔を上げる。

「……クラリス嬢。一体何をしているのですか？」

突然自分以外の声がして、私は思わず体を強張《こわば》らせる。

顔を上げた先には何と、怪訝《けげん》な顔をしてこちらを凝視《ぎょうし》しているアレン様が立っているではないか！

「あ、あの……シーツを洗っております」

一体どこから見られていたのだろう？

まさか……鼻歌を歌って、だんだん気持ち良くなって一回転しちゃったところを見られてしまったかしら？

そう考えると途端に恥ずかしくなって、私は羞恥《しゅうち》に頬を染めながらタライから降り、ワンピースの裾を整えた。

「シーツを洗っているのは見れば分かりますが……それはあなたの仕事ではないですよね？」

いつも穏やかで優しいアレン様の声が、なぜか今日は低く響く。

「……でも、洗わないと不潔ですから」

私がそう言った瞬間、アレン様の美しい翡翠色《ひすいいろ》の瞳が凍てつくような冷気を放った。

「……そうですか。どうやら、邸に仕事を放棄している不届者がいるようですね？」

そう呟《つぶや》くと、アレン様は「これで足を拭いてください」と言って呆然《ぼうぜん》とする私にハンカチを手渡し、早足で屋敷の中へ戻って行った。

取り残された私は驚きと羞恥でしばらく立ち尽くしていたが、ハッと我に返るといそいそと水浸しのシーツを絞り、日当たりの良いところに干してから部屋に戻ったのだった。


その後は予定通りに書庫に本を探しに行き、お目当ての本とフリージア様に勧めてもらった本を部屋に持ち帰る。

しばらく本を読んでいたが、先ほど歌い踊りながら洗濯物を踏んでいるところをアレン様に見られたことを思い出してしまい本の内容が全く頭に入ってこない。

あまりの羞恥に声にならない声をあげて頭を抱える。

「うう～……まさかあんな場面を見られてしまうなんて。恥ずかしい……」

テーブルに額をつけて呻《うめ》いていると、不意に扉がノックされる。

「あ、はい……どうぞ」

力なく返事をすると、ややあって静かに扉が開かれる。

部屋を訪れたのは涙と鼻水で顔をぐずぐずにした侍女のレネアさんと、今までに見たことないほど冷淡な表情をしたアレン様だった。

レネアさんは部屋に入るといきなり蹲《うずくま》り、床に額をついて謝り始めた。

「この度はだいへん申じ訳ございまぜんでじだぁぁっ！　どうか寛大な心でお許じぐだざいまぜぇ！」

いつも無愛想で淡々としたレネアさんの予想外の行動に、私は慌てふためく。

「わっ、レネアさん！　顔を上げてください」

私は持っていた本を投げ出して、蹲ったレネアさんに駆け寄る。

体を起こそうとレネアさんに触れると、その肩は小さく震えていた。

「とにかく少し落ち着いて話をしましょう。こちらに座っていただけませんか？」

私はレネアさんの肩を抱き起こしてソファへ誘導する。

レネアさんはフラフラと立ち上がり、ソファへ腰を下ろした。

アレン様はこちらの会話に口を挟むわけでもなく、入り口付近に立ったまま、氷のような視線をレネアさんに向けている。

ソファに腰を下ろした頃合いで私がハンカチを差し出すと、レネアさんはそれを固辞してポケットから自分のハンカチを取り出して目元を拭った。

「……あの、先ほどの謝罪は一体……？」

少し落ち着いたところで、話を元に戻す。

先ほどレネアさんは私に謝罪の言葉を述べたけど、それは何に対する謝罪なのか？

……もしかして、私の身の回りの世話を怠ったからアレン様に叱られたのかしら？

「……私は……私情を交えた浅はかな考えにより、クラリス様のお世話を放棄してしまいました……本当に申し訳ございませんでした」

そう言ってレネアさんは深々と頭を下げた。

真っ赤に目を腫《は》らして項垂《うなだ》れ今にも倒れそうなレネアさんを見ていると、心配が先に立つ。

しかしアレン様の凍てつくような雰囲気から察するに、ここはきちんと話をした方がいいだろう。

「『私情を交えた』とは……どういう意味でしょうか？」

レネアさんが不安にならないようできるだけ穏やかに問いかけると、レネアさんはぽつぽつと語り始めた。

その内容を要約すると、しがない子爵令嬢である私が侯爵家の客人として大切にされ、アレン様たちご家族と親しくしているのが気に食わなかった、同じ子爵令嬢なのになぜ自分が世話をする側なのかと理不尽に思った、ということだった。

まあ、予想通りといったところね。

「先ほどアレン様に甚《いた》く叱られまして……私が大きな思い違いをしていたことにようやく気づいたのです。侯爵家で雇っていただいている以上、賓客《ひんかく》であるクラリス様に誠心誠意お仕えすることこそが私に与えられた仕事でしたのに……」

ガックリと肩を落とし悄然《しょうぜん》とするレネアさんは、私の目には心から反省しているように見える。

きっと私が来る以前は、誇りを持って侍女の仕事を真面目に熟《こな》していたのだろう。

「構いませんよ。私なんかの世話をしたくないって、レネアさんが思うのも当然ですもの。そもそも私に侍女が付くというのが過ぎたことだったんです。私からフリージア様にお願いして、何とか私付きの侍女から外してもらえるようにしますので。私なんかに謝らないでください」

「そ、それは！　身勝手なお願いだと分かっておりますが、どうかもう一度クラリス様の担当侍女として務めさせていただけないでしょうか？　誠心誠意、お仕えいたしますので……！

……その……実はクラリス様にお許しいただけなければクビだと申し渡されておりまして」

「クビ、ですか？」

戸惑いながらアレン様に視線を送ると、アレン様は感情の読めない表情で静かに頷《うなず》いた。

恐らく、判断を私に委《ゆだ》ねてくださるということだろう。

「失礼なことを働いた身でこんなことを申し上げるのは筋違いだとは分かっているのですが……お恥ずかしい話、私の稼ぎが実家の生活を支えておりまして、この職を失うと家族が路頭に迷ってしまうのです」

レネアさんはそう言って、再びさめざめと泣き出した。

私としては侍女が付かなくても十分生活していけるのだけど、レネアさんがクビになってしまうのは本意じゃないわ。

それに私は、彼女が本当は生真面目《きまじめ》で凄腕《すごうで》の侍女だということを知っている。

一度の失敗で全て失ってしまうには惜しいと思うのよね。

「そういうことでしたら、是非続けてください。レネアさんは本当に有能な方ですから、辞めさせてしまっては侯爵家の損失です！　どうか、これからもよろしくお願いしますね」

「ありがとうございます……ありがとうございます……」

レネアさんは、頭を下げたまま何度も何度もそう呟《つぶや》く。

泣きすぎて顔が浮腫《むく》んでしまったレネアさんを一旦私室に帰るよう促すと、レネアさんは深々と腰を折り、恭《うやうや》しく何度もお礼を言ってから部屋を出て行った。

「あんなに簡単に許してしまって良かったのですか？」

レネアさんが去ったあと、開けたままの扉の側《そば》に立つアレン様が声をかけてくれる。

「ええ。私は特に嫌な思いもしていませんし、何か損害を受けたとも思っていません。それに、私のような者のせいで解雇されてしまうなんて、あまりに罰が重すぎます」

私がそう言うと、アレン様は困ったように眉尻を下げる。

「……あなたを賓客《ひんかく》として扱うことは、セインジャー侯爵ノイマンと侯爵夫人フリージアが決めたことです。あの侍女がしたことは、当主や女主人の命に背いたも同然。厳しい処罰があってしかるべきなのですよ」

「確かに、侍女としての彼女の行動は間違いだったと思います。だけど、私には彼女の気持ちも理解できるのです。『同じ貴族令嬢のはずなのに、どうしてあの人だけ？』という思いは、私にも心当たりのあるものですから。それに、こうなる前のレネアさんの働きぶりは本当に素晴らしいものでした。たった一度の過ちで、彼女のこれまでの努力や才能をふいにしたくないのです」

綺麗事《きれいごと》と思われても構わない、私は私の意志でレネアさんを許したい。

覚悟を持って返事をすると、アレン様は驚いたように眉を上げたあと、ふっと息を漏らして相好《そうごう》を崩した。

「クラリス嬢、あなたはとても懐の深い人ですね。それに、とても温かい。けれど、自分のことを『私なんか』と卑下《ひげ》する癖は良くありません。あなたは我が家の大切なお客様ですから、遠慮なく存分にもてなされてください」

「は、はい！　ありがとうございます」

優しいアレン様の声と表情に、私は頬に熱を感じながら謝意を告げる。

そういえば、先ほど洗濯をしながら一人歌劇団をしていたところを見られてしまったのだった……。

それを思い出したのは、アレン様が仕事に戻ると言って部屋を退出した後のことだった。


その日からレネアさんは謝罪の言葉通り、私に丁寧に接してくれるようになった。

彼女の侍女としての仕事ぶりは言うまでもなく完璧で、こちらが恐縮してしまうくらい。

それに以前は常に無愛想だった表情も、今はどことなく柔らかい。

恐らくこちらが本来のレネアさんなのだろう。

「おはようございます、クラリス様」

レネアさんは今日も、まるで私が起床したのを隠れて見ていたかのような絶妙なタイミングで部屋を訪れる。

「おはようございます！　レネアさん」

「こちらはお顔を洗う湯でございます。洗顔が済まれましたら身支度をいたしましょう。今日はどのドレスをお召しになりますか？」

てきぱきと朝の準備をしながら、レネアさんがクローゼットを開ける。

そこには、着せ替え人形になったときに誂《あつら》えてもらった十数着のドレスが掛けられている。

「あー……えーっと、そのクリーム色のドレスでお願いします」

「かしこまりました。クリーム色はクラリス様の綺麗《きれい》なアメジストの瞳によく合うと思いますよ」

「きっ……綺麗……」

表情だけでなく優しい言葉までかけてくれるようになったレネアさんの変化に、思わず戸惑ってしまう。

というより、褒められ慣れていないので単純に照れる。

子爵家では「老婆のように見窄《みすぼ》らしい」だとか「子爵家の恥」だとかしか言われたことがなかったから。

「……そんな初心《うぶ》な反応をなさらないでください。悪い男になった気分になります」

レネアさんはそう言うと、よく見ないとそうとは分からないほど小さく笑った。

「……！」

その笑顔を見て、私の心は人生初のお友達ができるかもしれないという期待で震えた。

＊＊＊

私は今、スティング殿下への定期報告のため王城を訪れている。

殿下の執務室の前に立っている近衛《このえ》の同僚に目礼してからノックを四回鳴らすと、中から返事が聞こえる。

「失礼します。スティング殿下にご挨拶《あいさつ》申し上げます。アレン・セインジャーが定期報告に参りました」

「おお、アレン。今ちょうど茶を淹《い》れているから君も飲んでいくといい」

スティング殿下に勧められるまま、ソファに腰を下ろす。

するとすぐに侍従が熱々のお湯で紅茶を淹れてくれる。

「ありがとうございます」

「うん。それで、再従兄弟《はとこ》殿はどんな具合だ？」

「オスカー様はクラリス嬢との婚約破棄《はき》の後に即日イベリン嬢に求婚状を送り、その翌日にはイベリン嬢が公爵邸に入りました」

「はぁ。再従兄弟《はとこ》殿は相変わらず行動が早いことだな」

スティング殿下は呆《あき》れながらもどこか楽しげに紅茶カップを啜《すす》っている。

「それで？」

「イベリン嬢は公爵邸に入ったその日、オスカー様と面談されています。同席した家令の話によると、オスカー様はイベリン嬢がクラリス嬢の名前を騙《かた》った事情を尋ねたと」

「まあ、それは気になるよな」

「はい。イベリン嬢は『仮面舞踏会なので本名を名乗るのは無粋《ぶすい》』だと答えたようです」

「なるほどな。筋の通らない回答ではない」

なるほどとは言いつつも、面白がっている様子を見るに殿下がイベリン嬢の回答を真正面から受け止めていないことは明らかだ。

「それから、オスカー様は『なぜクラリス嬢が社交場に姿を現したことがないのか』と質問し、イベリン嬢は『病弱だから』と答えたそうです」

「ふん。で、実際に病弱なのか？」

「……いえ。クラリス嬢が最初の日の夕餉《ゆうげ》で体調を崩したために侍医に診てもらったのですが、侍医が言うには『慢性的な栄養失調』と。子爵家では碌《ろく》な食事が与えられていなかったようです」

報告を受けて、スティング殿下は不快そうに顔を顰《しか》める。

「……それから？」

「それからイベリン嬢は『クラリス嬢を侍女として雇ってほしい』と言ったそうです」

「それはなぜだ？」

「『婚約破棄《はき》されて傷物になったクラリス嬢に縁談が来るわけがないから、側《そば》に置いて見守りたい』と」

「はっ！」

スティング殿下はドサッと乱暴にソファの背もたれに身を投げ出すと、腕を組んで天井を見上げる。

「吐き気がするほど性根が腐った女だな。大方、嫁《とつ》いだ後も蔑《さげす》み虐《しいた》げるために側に置きたいだけだろう」

余程癪《しゃく》に障《さわ》ったのか、普段は優しげで紳士然としたスティング殿下が暴言を吐き捨てている。

「それで、再従兄弟《はとこ》殿は何と？」

「『クラリス嬢は病弱なのだから侍女にはできない』と仰《おっしゃ》ったそうです」

「違いないな。再従兄弟《はとこ》殿も久方ぶりにできた恋人の言いなりになっているわけではなさそうだ」

スティング殿下はオスカー様の返答で少し溜飲《りゅういん》が下がったのか、笑みを見せている。

そうしてしばらく何かを思案したあと、こちらを見てにやりと笑った。

「アレン。珍しく怒っているな？　余程クラリス嬢と仲良くなったと見える」

私は表情を出さずに淡々と報告したつもりだったが、殿下には腹の内を見透かされたらしい。

「仲良くなったというほどではありませんが……彼女が十年間子爵家で受けてきた残忍な仕打

ちを思うと腹も立ちます」

私はそう言うと、先日セインジャー侯爵邸で発覚した侍女によるクラリス嬢への嫌がらせの件を殿下に報告した。

我が侯爵邸の使用人がそのような愚行を犯したということ自体も業腹《ごうはら》であるが、侍女に世話を放棄されたクラリス嬢が取った行動は、自分で自分を世話することだった。

そしてそれを、何の戸惑いもなく当たり前のようにやってのけていたというのだ。

掃除や洗濯など、普通の貴族令嬢ならばまずやり方すら知らないだろう。

つまり、クラリス嬢はそれを日常的にやっていたということだ。

子爵家でどんな扱いを受けていたかは想像に難《かた》くない。

「まさかセインジャー家でそのようなことが起こるとは。侍女は厳しく罰したのか？」

「……いいえ。クラリス嬢が『他人を羨《うらや》む気持ちは自分にも理解できるから』と言ってそれを望みませんでした。今は母が自ら使用人たちを厳しく監督しておりますので、今後はそのようなことは起こらないでしょう」

侍女の不届きが発覚したあと、母は怒髪天を衝《つ》くほどの怒りを露《あら》わにした。

外では社交界一の淑女として通っている母だが、こういう時は実に恐ろしいのだ。

伊達《だて》に息子四人を育て上げていない。

特に年若い侍女たちは、母の憤怒《ふんぬ》の形相を見て竦《すく》み上がって震えていたという。

母はクラリス嬢のために侯爵邸の中でも特に仕事のできる者を専属に宛《あ》てがったにも拘《かか》わらず、その信用を裏切られてしまった。

使用人の采配という女主人としての仕事を全うできなかった罪悪感も相まって、怒りが倍増したというのが実際のところのようだ。

「あの侯爵夫人が咎《とが》めなしを許したのか？」

スティング殿下とは年が近いこともあり、幼い頃から顔を合わせる機会も多かった。

私の母が不義を嫌う性分なのをご存知なのだろう。

「いいえ、特にクラリス嬢への当たりが強かった幾人かの行儀見習いは実家に下がらせました。彼女らは稼ぐことを目的として働いていたわけではありませんから、解雇しても問題ないだろうとの判断です。ただ、彼女らがゆくゆく高位貴族との縁談を望んでいたとしたら、その道は閉ざされたも同然でしょうが」

王宮や高位貴族家の侍女職は、高位貴族との出会いがあるとして下位貴族令嬢の中で特に人気のある仕事だ。

しかしその職を自身の素行により解雇されれば、貴族令嬢としての経歴に大きく瑕《きず》を付けることになる。

「まあ、仕出かしたことの代償としては適切か。セインジャー家の侍女など簡単になれるものではないのに、愚かなことだな」

　スティング殿下は大して興味もなさそうにそう呟《つぶや》くと、次の瞬間には瑠璃色《るりいろ》の瞳を細めて鋭い雰囲気を纏《まと》う。

「……アレン。シーヴェルト子爵家についてはこちらでも調査して判《わか》ったことがあるのだが、少し大事になりそうなんだ」

　殿下はそう言って資料を私に投げ寄越す。

　その内容を読み、私は愕然《がくぜん》とする。

「だから、すべての調査が終わるまでは引き続きクラリス嬢の保護を頼みたい。セインジャー家には迷惑を掛けるかもしれないが……」

「ご心配には及びません。母がクラリス嬢を甚《いた》く気に入っておりまして、喜び勇んで色々仕込んでいるようです」

「ははっ、そうか。あの豪胆な夫人が味方なら怖いもの無しだろうから、心配は要らぬようだな」

　あの見た目だけは柔らかな母を『豪胆』と称するあたり、殿下は人を見る目があるなと思う。

「しかし、夫人が直々に仕込むとは。クラリス嬢を次期侯爵夫人にでも据えるつもりか？」

　そう言われて、私はぴたりと動きを止める。

　クラリスが次期侯爵夫人に？　ということは、ディディエ兄上の妻にと考えているということだろうか。

最近のクラリスは栄養がしっかり摂《と》れ体型はふっくらと女性らしく、肌や髪は艶《つや》やかになり、美しさに磨きがかかっている。

また淑女教育の過程も順調らしく、あの母が「クラリスは賢い子よ！」と褒めていた。

子爵家に関する諸々《もろもろ》の問題が解決してしっかりと身元が保証されれば、侯爵夫人としても遜《そん》色《しょく》ない淑女になるかもしれない。

だがしかし……どうしてモヤモヤと心が霞《かす》むのか。

私は自分の内面に去来する想いの正体を摑《つか》めずにいた。

「母がどういうつもりかは知りませんが……。少なくとも、イベリン嬢よりは成長が見込めるのは間違いありません。公爵邸に入った翌日からイベリン嬢の教育が始まったのですが、早くも教師が匙《さじ》を投げるほどの状況だそうで」

「ああ……。どうやら再従兄弟《はとこ》殿は選択を間違えたようだな」

スティング殿下はそう仰《おっしゃ》ったが……。

私は、クラリス嬢がオスカー様に受け入れられなくて良かったと思った。

なぜなら、オスカー様はイベリン嬢と面会した翌日から王城に詰めていて、二人は全く顔を合わせていないらしい。

クラリス嬢にそんな寂しい思いをさせるくらいなら、いっそこれで良かったのではないか？

少なくとも侯爵邸で保護する間は私や母、父や兄が彼女に気を配ることができる。

そんなことを考えながら、私は手元の資料に再び視線を落とした。

「アレン……今自分がどんな顔をしているのか分かっているか？」

ふと声をかけられ顔を上げると、スティング殿下が訳知り顔でニヤついている。

「はあ……？　どういう意味でしょう？」

「ふむ、自覚なしか。君はこういったことに疎《うと》そうだからな」

スティング殿下が何を言いたいのかは分からないが、何だか貶《けな》されているようだということは分かる。

「ところでアレン、クラリス嬢とはどのような令嬢なのだい？」

私の質問にお答えにならぬまま、殿下は思い付いたように話題を変える。

スティング殿下は非常に頭の回転が速いお方なので、このように会話の途中で話題を変えることがよくある。

「クラリス嬢ですか……そうですね、彼女はとても慎み深くて心の温かい人です。生い立ちのせいか自分に自信が持てないようで、必要以上に自分を低く見てしまうところは良くありませんが、それでも決して卑屈にならずに明るく励む姿は好感が持てます。母も、クラリス嬢のそのような為人《ひととなり》を気に入っているのではないでしょうか」

私が持つクラリス嬢の印象を素直にお伝えすれば、殿下は一層笑みを深めてまるで面白いものを見るような視線を送られる。

「君さぁ、それで無自覚なの？　すごいね、君が女性を褒めるところを初めて見たよ。家格差が気になるところだけど……もしうまくまとまれば、陞爵《しょうしゃく》させるのに何とでも理由付けはできるしな」

最後の方はぶつぶつと呟《つぶや》かれていたのでよく聞こえなかったが、殿下はうんうんと頷《うなず》きながら何やら満足そうだ。

今の会話のどこがそんなに面白かったのだ……？

スティング殿下はしばらくの間、首を傾《かし》げる私の姿を面白そうに見ていたのであった。

＊＊＊

「おや、クラリス。何か探しもの？」

とある日の午後、侯爵邸の書庫に入ると先客がいた。セインジャー侯爵家の長男であり次期侯爵のディディエ様だ。

「ディディエ様！　すみません、いらっしゃるとは思わず。今日の授業で古典文学について触れられて、少し興味を持ったので何か良い本がないかと」

「古典文学か」

ディディエ様は肩下まで伸ばしたフリージア様譲りの淡い栗毛を藍色のリボンで一つに結び、お仕事の時にしか掛けないという眼鏡を掛けている。

うーん、と少し逡巡《しゅんじゅん》してから広い書庫の中を迷わず歩き、二冊の本を取ってきてくれた。

「私のお勧めはこれとこれ。こちらは低年齢者向けに書かれたものだが、初心者には分かりやすいと思う。こっちは作者別に作品が分けられていて、気に入った作者の作品を一気に読めるから便利だよ」

ディディエ様はにこりと笑って本を差し出してくれる。

「ありがとうございます。今日先生に触りだけ紹介していただいた作品を読んでみたかったんですけど……正直、古典は難しいなと思っていて。でもこの本はすごく読みやすそうです」

「古典は難しいよね。でも私も古典文学が好きだから、クラリスが興味を持ってくれて嬉《うれ》しいよ。……あ、そうだ。私の好きな作品を紹介しても良い？」

ディディエ様の普段は怜悧《れいり》で鋭く見える目尻が嬉しそうに下がっている。

フリージア様曰《いわ》く、ディディエ様は『女嫌いの堅物』だそうだが、全くそんな印象を受けない。

アレン様もそうだけど、ディディエ様もいつもお優しいもの。

「はい、是非。ディディエ様がお好きな作品、読んでみたいです」

私が答えると、ディディエ様は満足そうに頷《うなず》いて「じゃあ、来て」と私の手を引いて書庫を出た。

「ディ、ディディエ様！」

いきなり手を摑《つか》まれてドギマギしている私に全く気づくことなく、ディディエ様は屋敷の中をどんどん進む。

相手が私だから二人の仲を勘違いする人はいないとしても、未婚の男女がこんな風に触れ合うのはあまり宜《よろ》しくないいんじゃないかしら……？

「おお、アレン！　戻っていたのか」

突然ディディエ様が足を止めて声を発したので、私は驚いて前を見る。

そこには目を見開いてこちらを見ているアレン様が立っていた。

「ディディエ兄上……と、クラリス嬢。お二人で、何を……？」

なぜだか少し狼狽《ろうばい》した様子でアレン様がぎこちなく問いかける。

「ああ、クラリス嬢が古典文学に興味を持ったらしくてな。私の秘蔵の古典文学コレクションを紹介しようと思って、私室に案内していたんだ」

説明の間もディディエ様は手を離してくれず、アレン様の視線は繫《つな》がれた手に注がれている。

「私室に、ですか。あの……兄上。そのようにクラリス嬢の手を握っていては、あらぬ誤解を与えます」

「手？　……ん？　……はっ！」

ディディエ様はアレン様に指摘されて初めて私の手を握っていることに気が付いたらしく、慌てて手を離す。

「すまない、クラリス！　不躾《ぶしつけ》に触ってしまって……」

「い、いえ、少し驚きましたが大丈夫です……」

私も頬に熱が集まっている自覚があるが、ディディエ様もほんのり耳が赤くなっている。

何とも言えない微妙な空気が漂ったが、その空気を破ったのはアレン様だった。

「……それで。・・・・クラリス、兄上の私室に行くんだったか？　私も同行しよう」

………………？

いつものアレン様の口調と違うけれど、一体どうしたのかしら？

そもそもアレン様が平民も同然の私に敬称や敬語を使う必要はないし、今の口調で全然問題ないのだけど。

「あ、ああ。さすがに私室に二人きりは不味《まず》かったな。アレンも来てくれたら助かる」

どうやらディディエ様の私室に、アレン様も付いてきてくれるようだ。

その後は手繋《てつな》ぎ騒動の余波か、何となく三人縦並びで移動してディディエ様の私室に向かった。

ディディエ様の私室に入ると、ディディエ様は「コレクションを取ってくる」と言って部屋の奥に入られたので、私とアレン様はソファに座って待つ。

「……すまないな。ディディエ兄上は仕事はできる人なんだが、ひとつのことに夢中になると周りが見えなくなるところがあってね」

待っている間、アレン様が申し訳なさそうにぽつりと謝罪の言葉を口にする。

先ほどの手繋ぎ騒動の件だろう。

「いえ、親切心でしていただいていることはきちんと分かっておりますので」

手を繋がれたからといって勘違いなど決してしませんので、ご安心ください。

「……ああ。それと……勝手に呼び方と口調を変えてすまない。他の家族が親しげに話しているのに、私だけ他人行儀なのもどうかと思ってね……」

言いづらそうに目を逸《そ》らしながら謝ってくれるアレン様を見て、私は思わず笑みを溢《こぼ》す。

「……ふふ。大丈夫です、何と呼んでいただいても構いません」

子爵家では「おい！」とか「そこの！」とか呼ばれることは日常茶飯事だったもの。

呼び方ひとつで謝られるなんて、アレン様は本当に親切な方だわ。

「……そうか」

私が返事をすると、アレン様は安心したように表情を緩める。

ちょうどその時、部屋の奥からディディエ様が本を数冊抱えて戻ってきた。

「待たせたね。これ、今から百三十年前に出版された古典文学作品なんだけど……実は初版本なんだ」

「百三十年前の初版本！　すごいですね」

ディディエ様が持ってきた本を手に取り、ゆっくりと捲《めく》る。

紙は多少黒っぽく変色してはいるが、折れ曲がりや破損は少なく、かなり状態が良いのではないだろうか？

「伝わる話の大筋は今とあまり変わらないけど、百三十年前と今の時代背景の違いが微妙に出ていて読み比べると面白いんだ。クラリスは歴史が好きだろう？　読んでみるかい？」

「それは是非、読み比べてみたいです。……でも、こんな貴重なものを私が扱っても良いのでしょうか？」

「いいんだよ、本は読むためにあるんだから。本当に好きな人に読んでもらえたら、本も嬉《うれ》しいはずさ」

結局、この貴重な初版本を三冊もお借りすることになった。

返却は急がないらしいので、辞書を引きながらゆっくり読みたいと思う。

三冊持つのは重いだろうと言って、本はアレン様が私の部屋まで運んでくれることになった。

本当は本三冊ぐらい軽々持ち上げちゃうけど……ここはお言葉に甘えるのがマナーよね？

ディディエ様の私室を出て、今度は私の部屋に向かってアレン様と並んで歩く。

「クラリスは歴史が好きなんだな」

部屋への道中、アレン様が話しかけてくれる。

「はい。創作文学も好きなんですが、歴史には実際に人が何を考えどうやって生きたかが克明に記録されているのが面白いです」

「ああ、確かに……私も歴史上の英雄の手記なんかを読むことはある。彼らが何を考え、どう生きたかを知りたい気持ちは分かる」

英雄の手記かあ。それも面白そう。

「それなら……今度、古書店に行ってみないか？　その、私と一緒に」

「古書店ですか？」

「ああ。古書好きの知り合いに教えてもらったんだが、知る人ぞ知る穴場らしい」

「まあ、穴場の古書店ですか？　素敵ですね」

知る人ぞ知る穴場の古書店……すごく怪しい響きで楽しそうだわ！

どんな人が店主なのかしら？

白髪に白髭《しろひげ》のお爺《じい》さん？　それとも……魔女のように年齢不詳の美女かしら？

「興味があるか？　それなら……次の休みに一緒に行こう。この間の侍女の不始末のお詫《わ》びも兼ねて、本を贈らせてくれ」

侍女の不始末というのは、レネアさんの件かしら？

本人からも、フリージア様やノイマン様からも謝罪をいただいたからもう十分なのだけど。

「その件についてはもうこれ以上のお詫《わ》びは結構ですが……古書店には是非連れて行ってください」

怪しい古書店が楽しみで思わずにやけるとアレン様も嬉《うれ》しそうに微笑《ほほえ》んで、あまりの笑顔の美しさに目が眩《くら》みそうになった。


三日後。

今日はアレン様がお休みの日だそうで、朝から約束していた古書店へ出かける予定になっている。

今朝は当主のノイマン様、長男のディディエ様は登城しないということで、フリージア様と私を加えた四人での朝食となった。

「そういえば、クラリス。今日はアレンとデートなんだってね？」

朝食をとりながら、フリージア様が悪戯《いたずら》っ子の顔をして揶揄《からか》ってくる。

「デートではありませんが、（怪しい）古書店に連れて行ってくださるそうです」

「まあ何とも色気のない行き先だけれど……それでも一応デートに違いないわ！　今日は思う存分クラリスを着飾らせるわよ～」

なぜかフリージア様が一番張り切っている。

「フリージア……あまり張り切りすぎるなよ」

「母上、やり過ぎるとクラリスに引かれますよ」

ノイマン様とディディエ様がそれとなく諫《いさ》めてくれたのだが……案の定、その後私はフリージア様の着せ替え人形となったのだった。

フリージア様は侍女のレネアさんとああでもない、こうでもないと相談し合いながら私の服や髪型を決めていき、私が二人から解放されたのは、何と準備を始めてから三時間後のことだった。

「さあ、どうかしら？　シンプルなのに可愛《かわい》い編み込みおさげにワンポイントで翡翠《ひすい》の髪飾りをつけたわ……うふふ、もちろんアレンの色よ！　相手の色をさり気なく取り入れるのが奥ゆかしくて良いのよね～。それから、この胸下で切り替える形のワンピースは一流ショップの最新コレクションでコルセットが要らない画期的なデザインなのよ。シフォン生地のパステルイエローがあなたの肌色に良く合うわ。メイクは頬と唇に乗せる紅の色を合わせたの。すごく今風でしょ？」

フリージア様が今日のファッションのポイントを超早口で教えてくださるが、理解力が追いつかず頭が爆発寸前だ。

「す、すごく素敵です……」

出かける前からどっと疲れた状態で送り出され、迎えに来てくれたアレン様の元へ向かう。

玄関前で待っていたアレン様はいつもの騎士服ではなく、貴族らしい白シャツ・クラヴァットに濃いグレーのウエストコートを着ていて、黒のトラウザーズが長い脚を一層引き立たせている。

「すみません、お待たせしました！」

既に約束の時間を過ぎており、私は早足でアレン様に近付く。

「いや、そんなに待ってないよ。だからゆっくりおいで」

アレン様は柔らかい笑みで、私が慌てないように気遣ってくれる。

「その服、母上が選んだのか？　……さすがの審美眼だな……よく似合ってる」

「あっ……はい、ありがとうございます……」

侯爵邸に来てからアレン様やフリージア様が事あるごとに私を褒めてくれるけど、両親と使用人以外から褒められたことがないのでどう反応して良いのか分からない。

要するに、褒められ慣れていないのだ。

フリージア様みたいな素敵な女性はこんな時、どんな返事をするのだろう？

「さ、行こうか」

侯爵邸に初めて来た日のようなスマートなエスコートで、馬車まで誘導される。

フリージア様から直々に淑女教育を受けているので、私自身も二か月前よりは上手にエスコートを受けられているんじゃないかな？

馬車に乗って三十分ほどで目的地の古書店に到着する。

「ここが……穴場の古書店」

店の前に立ち、私はごくりと喉を鳴らす。

何というか……すごくいい。

賑《にぎ》わう大通りからは少し離れた日当たりの悪い路地裏という立地は言うまでもなく、古びた店構えも文字の掠《かす》れた看板も、怪しさ満点である。

これで店主がお爺《じい》さんか魔女なら完璧なんだけど……。

――カランカラン。

扉を開けると涼やかなドアベルの音が鳴る。

「いらっしゃい」

店内に野太い声が響いて…………ん？　野太い？

「世界の古書が集まる古書店『ヴィヴリオ』へようこそ」

店の奥からやってきたのは、短く刈り上げた髪に、その鍛えられた厚い体のラインが浮き出るほどピッタリとした服を着た、口髭《くちひげ》を生やした強面《こわもて》の男の人だった。

何というか……ここ、古書店よね？

「お二人さん、このお店は初めてかい？」

男の人は丸太のように太い腕を腰に当て、ずいっと顔を近づけてくる。

……折り曲げられた腕がぽっこりと膨《ふく》らんで、まるで腕に岩を引っ付けてるみたい。

驚きのあまり男の人を凝視《ぎょうし》してしまい、ハッと気を取り直して「は、はい！」と返事をする。

どうやらアレン様も私と同じ反応だったらしく、「わ、私も初めてだ」と慌てて返事をしている。

「俺は店主のレオニルだ。ここは滅多《めった》に新しい客は来ないんだが……誰かの紹介で来たのか？」

強面《こわもて》のレオニルさんは、意外にも私たちの不躾《ぶしつけ》な視線に気を悪くすることなく気さくに話しかけてくれる。

「ここの常連だという者に教えてもらってきたんだ」

先ほど馬車の中で、この店を教えてくださったのが実は王太子殿下だと教えていただいた。

でも、さすがに「王太子殿下の紹介で」とは言えないわよね。

「そうか。本しかないところだが好きなだけ見ていってくれ。それとも探してる本があるのか？」

「ああ……彼女が歴史が好きだから古書を贈りたいと思ってきたのだが……クラリスはどんな本が読みたい？」

アレン様に尋ねられ、私は少し考える。

……そういえば、この間アレン様が言っていた『歴史上の英雄』ってどんな人なのかしら？

「アレン様が仰《おっしゃ》っていた『歴史上の英雄』について知りたいです」

「ん？　……ああ、私が読んだ手記の？　そうだな、クラリスが好みそうなのは……ヴォイルカ朝時代の英雄シグルード・イベルタなんかはどうだろう？」

「ああ！　シグルード・イベルタ!!　君もシグルードが好きなのか？　俺も、数いる英雄の中でシグルードが一番好きだ！　俺たち気が合いそうだなぁ、一晩中語り合うか？」

レオニルさんがガハハと笑いながらアレン様の背中をドンと叩《たた》くと、アレン様はうっ、と喉を詰まらせて眉を顰《ひそ》めた。

……とっても痛そうね。

「ガハハ、冗談だ。それはそうと、シグルードならいい本があるぜ」

冗談と言われてあからさまにホッとした顔をするアレン様を見て、笑いが込み上げる。

いつも穏やかで冷静なアレン様の調子を崩せるのはフリージア様だけかと思っていたけど、どうやらアレン様はレオニルさんのようなタイプも苦手らしい。

私が何とか笑いを噛《か》み殺している間に、レオニルさんは店の本棚から一冊の本を持ってきた。

「これは俺のオススメの一冊だ。シグルードの活躍と共に、その裏話なんかが面白おかしく書かれている。これを読んだら、ああ、伝説の英雄も俺たちと同じただの人間だったんだな！と感じられるんだ」

レオニルさんはニカッと笑ってその分厚い胸板をドンと叩く。

その姿を見ていると、こんなに個性的な人を虜《とりこ》にする『伝説の英雄』ってどんな人だろう？と好奇心がむくむくと湧き起こる。

「その本、是非読んでみたいです！」

つい興奮して思ったより大きな声が出てしまい、慌てて手で口を塞《ふさ》ぐ。

「……ふっ、はは。クラリスはその本が良いんだな。分かった、その本を贈ろう。他にも欲しいのがあれば言ってくれ」

私が大声を出したのがそんなに可笑《おか》しかったのか、珍しくアレン様が声を立てて笑った。

四つも年上なのに、相好《そうごう》を崩したアレン様は少し幼く見える。

「おうおう、何だぁお前ら、そういう感じか？　それならお邪魔虫の俺様がとっておきの本をいくつか紹介してやろう」

レオニルさんは私たちの顔を交互に見て含み笑いをすると、再び店の奥に戻って数冊の本を持ってきてくれた。

そのどれもが面白そうでなかなか選べずに、結局アレン様が全て購入してプレゼントしてくれたのだった。

「すみません、こんなにたくさん買ってもらうことになってしまい……」

古書店を出て帰りの馬車に乗り込むと急に罪悪感が襲ってきて、恐る恐るアレン様に謝罪した。

初めて行ったお店が宝の山で目が眩《くら》むあまり、アレン様にたくさんの本を買わせてしまった。かかった費用をお返ししようにも、お金なんか一銭も持っていないのに。

「なぜ謝る？　私がクラリスにプレゼントしたくて買ったのだから、何も気に病むことはないよ」

「しかし……私にはお返しできるものがありません」

私がそう呟《つぶや》くと、アレン様は少し目を見開いて「うーん」と何かを考えるように顎《あご》に手を置いた。

「……それなら。クラリスが読んだ本の内容を私に教えてくれないか？　前にも言ったけど、私は本を読むのは得意じゃないんだ。クラリスが本の内容を分かりやすく教えてくれたら私の勉強にもなるし、とても助かるのだが」

「そ、そんなことで良いなら喜んで引き受けさせていただきます！」

そんなことが本の対価に見合うとは思えないけど、私にできることは多くないのだから引き受ける以外の選択肢はない。

私が答えると、アレン様は私の顔をじっと見つめて、ふっと笑いを溢《こぼ》す。

「……ふ。ありがとう、楽しみにしてる」

細められたアレン様の美しい翡翠《ひすい》の瞳から温かい感情が伝わってきて、私の胸はギュッと締め付けられた。

義姉と間違えて求婚されました。

閑話　～アレンの決心～

スティング殿下への定期報告のあと、時間が空いた私は一旦セインジャー侯爵邸へ戻ることにした。

今日は公爵家の護衛は別の者に引き継いでいるので、実質業務が終わったようなものだ。

折角なので侯爵邸で夕食まで取って行くと出迎えたバナードに告げ、書庫にいるらしいクラリス嬢の様子を見るために階段を上がった。

ちょうど二階に上がったとき、長兄でこの家の跡取りであるディディエ兄上がどこか浮ついた足取りで歩いてくるのが見えた。

「ディディエ兄上……」

そう言ってふとディディエ兄上の後ろに目を遣《や》ると、少し不安そうな表情のクラリス嬢が立っている。

なぜクラリス嬢はそんな顔をしているのか？

そう疑問に思った瞬間、ディディエ兄上の手がクラリス嬢の手をしっかりと握っているのに気が付く。

いつの間に二人はそれほど親密になったのか？

私は頭が真っ白になってしまい、問いかける言葉がぎこちなくなってしまう。

「お二人で、何を……？」

ディディエ兄上が言うには、古典文学に興味を持ったクラリス嬢に秘蔵の本を見せるために私室に案内する途中だという。

手を繋《つな》いだまま、二人きりで私室に……？

嫌な動悸《どうき》を感じながらも手繋ぎの件を指摘すると、兄上は大慌てで手を離して狼狽《うろた》えている。

どうやら兄上は秘蔵コレクションを自慢できる喜びで、勢い余ってクラリス嬢の手を摑《つか》んでしまっていたようだ。

「すまない、クラリス！　不躾《ぶしつけ》に触ってしまって……」

「い、いえ、少し驚きましたが大丈夫です……」

ディディエ兄上が耳を赤らめながら謝罪の言葉を述べると、クラリス嬢はその小さな頰を赤く染めながら俯《うつむ》いている。

兄上はクラリス嬢のことを「クラリス」と呼び捨てで呼んでいるのか……。

たったそれだけのことで、二人の距離がとても近いように感じる。

何となく二人の間で流れる甘酸っぱい空気に居ても立ってもいられなくなり、思わず口を挟む。

「……それで。クラリス、兄上の私室に行くんだったか？　私も同行しよう」

自分でも内心戸惑いを感じながらも、いつもより砕けた口調になるのを止められなかった。

クラリスがどのような反応をするだろうかと不安がよぎったが、クラリスは驚きながらも私の口調が変わったことに不快感はないようだった。

「あ、ああ。さすがに私室に二人きりは不味《まず》かったな。アレンも来てくれたら助かる」

やっと状況を客観視できたらしく、いつも冷静なディディエ兄上が珍しく慌てている。

美しくもあざとい母や押しの強い親族女性たちの影響で、私たち四兄弟には女っ気がない。

実際には、曲がりなりにも侯爵家の出であるため、私たちに寄ってくる令嬢は山ほどいる。

しかし私たちはその美しく着飾った女性の裏の顔がどんなものか、母を見て育ったために痛いほど知っているのだ。

私には継ぐ爵位がないとはいえ、そもそも近衛《このえ》騎士は令嬢の嫁《とつ》ぎ先や婿候補として人気があるらしく、私宛にもそれなりに釣り書きなどが送られてくる。

しかし四男である私は必ずしも後継者を残さなければならない立場ではないし、年齢も若いので今はどの縁談も受ける気がない。

侯爵家を継ぐディディエ兄上は今年二十五歳と結婚を急《せ》かされる歳になり、釣り書きが殺到しているらしい。

父や母もそろそろ兄上に嫁をと考えているだろう。

しかしディディエ兄上自身はあの歳になってもいまだ女性を寄せ付けず、交際相手どころか女性と親しく話している姿すら見たことがなかった。

……つい先ほどクラリスと話している様子を見るまでは。

『しかし、夫人が直々に仕込むとは。クラリス嬢を次期侯爵夫人にでも据えるつもりか？』

昼間のスティング殿下の言葉が思い出され、再び胸の内をモヤモヤとした霧が覆う。

妙な焦燥感《しょうそうかん》を抱えたまま、兄上の私室で楽しそうに書物の話をしている二人をただ見つめている。

ただ見つめるしかない自分がもどかしい。

あの澄んだアメジストの瞳に自分を映したい。

「クラリスは歴史が好きなんだな」

ディディエ兄上から借りた本を運んでやるという名目でクラリスを客間に送る道中、何とか会話の糸口を探す。

「はい。創作文学も好きなんですが、歴史には実際に人が何を考えどうやって生きたかが克明に記録されているのが面白いです」

「ああ、確かに……私も歴史上の英雄の手記なんかを読むことはある。彼らが何を考え、どう生きたかを知りたい気持ちは分かる」

私がそう答えると、クラリスは思いの外嬉《うれ》しそうに微笑《ほほえ》んでくれて安堵《あんど》する。

歴史について書かれている本か……。

そういえば、以前スティング殿下と雑談をしている時に「王都に知る人ぞ知る穴場の古書店がある」というような話をしていたな。

誘って……みるか？

「それなら……今度、古書店に行ってみないか？　その、私と一緒に」

「古書店ですか？」

ああ、誘ってしまった！

「ああ。古書好きの知り合いに教えてもらったんだが、知る人ぞ知る穴場らしい」

早打つ鼓動を感じながらクラリスの反応を待つと、そのアメジストの瞳がまるで四葉のクローバーを見つけた子供のように輝いた。

「まあ、穴場の古書店ですか？　素敵ですね」

クラリスがそう言ってパッと顔を綻《ほころ》ばせた瞬間、私の心臓が一際大きく跳ねる。

あれ……先ほどから心臓の動きがおかしいな？

「興味があるか？　それなら……次の休みに一緒に行こう。この間の侍女の不始末のお詫《わ》びも兼ねて、本を贈らせてくれ」

クラリスの性格から言って、何もないのにただ物を贈られるというのも受け入れ難《がた》いだろう。先日の侯爵家の侍女がクラリスを蔑《ないがし》ろにした件はまだ埋め合わせができていなかったから、それを理由に受け取ってもらえないだろうか？

「その件についてはもうこれ以上のお詫びは結構ですが……古書店には是非連れて行ってください」

その返答を聞いて緊張していた気が緩み、自然と笑みが溢《こぼ》れる。

ああ、クラリスが誘いを受けてくれて良かった。

そうと決まればスティング殿下から店の場所を詳しく聞いておかなければならないな。

私はどうにも浮かれる心を見て見ぬふりして、次の休日の段取りを考えるのだった。

三日後、約束の古書店へ行く日がやってきた。

騎士団寮から侯爵邸にクラリスを迎えに行くと、バナードからまだ支度が整っていないと知らされ、少し待つことにする。

しばらくして支度を終えたクラリスが二階から降りてきた。

……何というか……完璧だ。

可愛《かわい》らしく編み込まれた髪型はクラリスの清廉《せいれん》な雰囲気によく合っているし、着ているパステルイエローの柔らかな生地のワンピースは彼女の可憐《かれん》さを際立たせている。

これはもしかしなくても、あの母が気合を入れて飾り立てたのだろう。

大口を叩《たた》いていただけあって、クラリスの良さを存分に引き出している。

「その服、母上が選んだのか？　……さすがの審美眼だな……よく似合ってる」

「あっ……はい、ありがとうございます……」

思わず母を褒めたみたいな言葉選びになってしまったと焦ったが、クラリスが照れている様子を見るにきちんと褒め言葉として受け取ってくれたようだ。

エスコートのために手を差し出すと、流れるような動作でクラリスが手を重ねてくる。

三か月前の彼女を思うと、見違えるほど所作が美しくなっている。

母のもとで淑女教育を頑張っているのだなと感心しながら彼女の手を軽く握り、馬車に乗り込む。

三十分ほど馬車に揺られ、殿下に教えていただいた古書店に到着する。

路地裏にあるとは聞いていたがこんなに薄暗く狭い道だったとは……穴場には違いないが、女性に勧めるべき店ではなかったかもしれない。

そう思ってクラリスの顔を見ると、彼女はなぜか雨上がりの虹を見つけた子供のようにアメジストの瞳を輝かせていた。

「いらっしゃい」

店の扉を潜《くぐ》ると、店の奥からまるでここが戦場かと勘違いするほど筋肉隆々の短髪男が出てきて驚愕《きょうがく》する。

チラリとクラリスの様子を窺《うかが》うと、彼女の顔も同様に驚きに染まっている。

……やはり、連れてくる店を間違えたかもしれない。

レオニルと名乗った筋肉男はどうやらこの古書店『ヴィヴリオ』の店主らしい。

どんな本を探しているのかと聞かれクラリスに話を向けると、クラリスは暫《しば》し考えて私が先日話した英雄についての本が読みたいと答えた。

共通の話題を探して何気なく話したことだったのにクラリスは覚えていてくれて、尚且《なおか》つ興味を持ってくれたことが嬉《うれ》しい。

私が尊敬する歴史上の英雄については複数人思い浮かぶが、この国で一番有名なのはやはり英雄シグルード・イベルタだろう。

彼は五百八十年前の世界戦争の際、今は亡きオーベルン帝国の侵略からこの国を守り抜いた英雄で、剣神と呼ばれるほどの剣の腕とその人徳で人々から愛されたために逸話が多く存在し、たくさんの彼に纏《まつ》わる伝記や手記、創作物が残されている。

どうやらレオニルもシグルードが好きだったらしく「一晩中語り合うか」などと気色の悪いことを言われ、背中を思いっきり叩《たた》かれ思わず顔を顰《しか》めてしまう。

私の顔を見て、レオニルはニヤリと悪い笑みを浮かべる。

「ガハハ、冗談だ。それはそうと、シグルードならいい本があるぜ」

そう言って彼は店の奥へ消えて行った。

……あの顔、完全に私を揶揄《からか》って楽しんでいたな。

見た目や纏《まと》う雰囲気は全く違うのに、どこかスティング殿下と同じ匂いを感じる。

茶化すようなことを言っていた割には、レオニルが選んできた本はなかなか面白いチョイスだった。

クラリスも彼の提案を気に入ったようで、明らかに目を輝かせている。

「その本、是非読んでみたいです！」

クラリスは今まで聴いたことないぐらい大きな声で勢いよく返事をして、自分で自分の声に驚いている。

慌てて手で口を塞《ふさ》いでいる様子があまりに可笑《おか》しくて、声を立てて笑ってしまう。

「……ふっ、はは。クラリスはその本が良いんだな。分かった、その本を贈ろう。他にも欲しいのがあれば言ってくれ」

笑われたのが恥ずかしかったのか、クラリスは頬を染めて目を瞬《まばた》かせている。

女性を見て笑うなんて失礼なことだと分かっているが、笑いを止めなければと思う自分と、もっと彼女が恥ずかしがる顔を見ていたいと思う自分が鬩《せめ》ぎ合う。

……私も案外殿下のことは言えないのかもしれない。

その後もレオニルが複数の本を勧めてくれ、クラリスが選び切れないようだったので全て購入した。

おそらくレオニルはこうなることを見越して多めに本を持ってきたのだろう。抜け目のない男だ。

「すみません、こんなにたくさん買ってもらうことになってしまい……」

　馬車の中で、クラリスが申し訳なさそうに眉尻を下げて謝ってくる。

「なぜ謝る？　私がクラリスにプレゼントしたくて買ったのだから、何も気に病むことはないよ」

「しかし……私にはお返しできるものがありません」

　ああ、やはり理由のない贈り物を負担に思うのか。

　元々は侍女の不祥事のお詫《わ》びのつもりだったのだが、既に「お詫びは不要」と言われている。

　ならば受け取る理由を作ってやればいい。

「……それなら。クラリスが読んだ本の内容を私に教えてくれないか？　前にも言ったけど、私は本を読むのは好きじゃないんだ。クラリスが本の内容を分かりやすく教えてくれたら私の勉強にもなるし、とても助かるのだが」

「そ、そんなことで良いなら喜んで引き受けさせていただきます！」

　クラリスはそう返事をしながらも、戸惑ったような表情を浮かべている。

　大方「贈り物の対価が見合ってないのでは？」とでも考えているのだろう。

　クラリスの表情はコロコロ変わるので考えていることが丸分かりなのだが、本人はバレていないと思っているところが面白いなと思う。

「……ふ。ありがとう、楽しみにしてる」

少なくともクラリスが本を読み終えるまでは話題には困らないし、お茶に誘う良い口実になりそうだ。

「はあ？　それで、古書店に寄っただけで帰ってきたっていうの？」

セインジャー邸で夕食を共にし、騎士団寮に帰ろうとしたところを母に捕まり、お茶という名の尋問を受けている。

今日のクラリスとの外出について話すと、母は呆《あき》れた顔で私の顔を見て溜息《ためいき》をついた。

「どうして我が家の息子たちは揃《そろ》いも揃って気が利かないのかしら？　女性とデートするのに、そんな色気のないところに行って終わりはないでしょう！」

「……しかし、クラリスは喜んでいました」

そもそも彼女が歴史の本が好きだというから古書店を選んだのだ。

母には何度も言われているので自分が唐変木《とうへんぼく》だということは分かっているが、さすがに私にも彼女がドレスが好きならドレスショップに、宝石が好きなら宝石店に連れて行くくらいの機転はある。

「この、野暮天《やぼてん》!!　別に古書店が悪いと言っているんじゃないわよ。普通は買い物だけで終わるのではなくて、その後に流行《はや》りのカフェの一つにでも連れて行くものでしょう？」

「や、やぼてん……」

……カフェか。正直、少しも考え付かなかった。

確かクラリスは甘いものも好きなはずだ。美味《おい》しいデザートが食べられる店などに案内すれば、きっと喜んだだろう。

そこまで考えたところで、私は考えを追い出すように首を振る。

いやこれはあくまでもお詫《わ》びとしての贈り物を買いに行ったのであって、デートなどの類ではないのだから、これははっきり母上に言っておかなければならない。

「先日の侍女の一件のお詫びを買いに行ったのであって、デートではありません。母上、息子を揶揄《からか》って面白がるのもいい加減にしてください。そういうのはクラリスにも失礼ですよ」

私がキッパリとそう言い切ると、母は冷ややかな視線を寄越す。

「……はぁ、無自覚なのも厄介ね。あなたがそういうつもりなら別に良いわよ。後で後悔しても知らないけれどね」

母が不穏な捨て台詞《ぜりふ》を残したが、別に下心はなかったのだし、これで良かったのだと自分に言い聞かせた。

＊＊＊

「お帰りなさいませ、アレン様。クラリス様は今奥様と温室にいらっしゃいますよ」

クラリスと古書店に出かけてから一週間ほど経《た》った日、セインジャー邸に帰ると私の顔を見るなりバナードがクラリスの様子を報告する。

「そうか。問題はなかったか？」

「ええ。今日は日中はダンスの練習を。クラリス様は運動がお好きなようで、覚えが早いと奥様が仰《おつしや》っていましたよ」

クラリスはマナーや一般教養の授業でも覚えが早いと褒められていた。

今まで教えられる機会がなかったからできなかっただけで、持って生まれた能力は高いのだろうな。

しかしダンスの練習か……。

母はクラリスを夜会に連れて行くつもりだろうか？

私は十四で騎士学校に入学、十八で騎士団に入ったため、夜会に出たことは数えるほどしかない。

基本的に夜会の時は王宮の護衛として仕事をしなければならないし、爵位も継がない四男なので婚活を急ぐ必要もないから気楽なものだ。

そんなことをぼんやりと考えながら、騎士服を脱いで楽な服に着替え、温室へ向かう。

クラリスと出かけた日以降、私は夜勤以外の日は騎士寮ではなくこの屋敷に帰るようになった。

はじめはクラリスの事情を本人や母から聞き取りするための帰宅だったが、いつの日か帰宅するのを楽しみに思う自分がいた。

クラリスはプレゼントした古書を早速読み進め、約束通り毎日私に本の内容を聞かせてくれる。

身振り手振りを交えて表情豊かに、ある時はセリフに感情を込めながら本の面白いところを熱く語るクラリスの姿は何とも微笑《ほほえ》ましく、目が離せない。

今日もクラリスと本の話ができるかと思うと、胸の高揚を感じる。

しかし、それはあくまでもクラリスという演劇を観劇するという意味でのワクワク感であると、今この瞬間まで疑っていなかった。

その奥に隠れる本当の気持ちに気づかぬまま、私は温室へ向かう足を早めた。

「アレン様！　お帰りなさいませ」

温室に入った私の顔を見て、クラリスが座っていた椅子から立ち上がり満面の笑みを浮かべる。

嬉《うれ》しそうに細められたアメジストの瞳が輝きを増しているように思うのは、自分の願望の表れだろうか？

「クラリス、ただいま。母上、只今《ただいま》戻りました」

「アレンったら。母への挨拶《あいさつ》はクラリスの後なのね」

母はクスクスと愉快そうに含み笑いをしている。

私は何も言わずに抗議の視線を母に投げ、円卓のクラリスと母の間の席に腰を下ろす。

一見完璧な淑女であるこの母は、こういった小さなことで私たち息子を揶揄《からか》うのが好きなのだ。

私が着席したのを見計らい、クラリスは母から教えてもらったという方法で私に紅茶を淹《い》れてくれる。

ここ数日、習慣になっている流れだ。

「ん。美味《うま》いな」

紅茶を飲んで味を褒めると、クラリスは嬉《うれ》しそうにはにかむ。

クラリスと外出してから、私たちの仲は急速に近しくなったと感じる。

初めはクラリスのことを『シーヴェルト子爵令嬢』『ご令嬢』などと呼んでいたのだが、「一緒に住んでいるのだからそんな余所余所《よそよそ》しい呼び方はやめなさい」と母に言われ、呼び方を『クラリス嬢』に変えた。

それからいつの間にか呼び捨てにしていたディディエ兄上に触発され、『クラリス』と敬称を外し、敬語もやめた。

それでもクラリスの方からはどこか壁というか、こちらの様子を窺《うかが》うような遠慮を感じていたのだが、共に外出して以降、かなり心を開いてくれたように感じる。

「アレン様。私、今日はダンスを習ったんです」

クラリスが顔を綻《ほころ》ばせながら私の名を呼ぶようになったのも、つい最近だ。

私は胸にじんわりと温かいものを感じながらクラリスの顔を見つめる。

「ダンスか。難しくはなかったか？」

「ええ、七つになる前に習ったきりだったのですけど、体が覚えていたみたい」

七歳か……。

確か、クラリスの両親は彼女が七歳の時に他界したのであったな。

先日殿下から見せてもらった資料を思い出す。

「そうか。楽しめたのなら良かった」

「はい、とても楽しいです！　本当は男性パートナーと一緒に練習したいのですが、バナードさんには断られてしまって……。宜《よろ》しければアレン様、お時間がある時に練習にお付き合いいただけませんか？」

突然のクラリスからの申し出に、私は思わず目を見開く。

不意の出来事に困惑して言い淀《よど》んでいると、母が不満気に目を細める。

「ごめんなさいね、クラリス。アレンはダンスが苦手なのよ。あなたの練習パートナーはディディエに頼みましょう！　ええ、それが良いわ」

私がバッと母に顔を向けると、母は扇の向こうで私だけに見えるようにべえっと舌を出した。

「ディディエ様ですか？　いつもお忙しそうですけど、受けていただけるでしょうか？」

「あら～、大丈夫よ！　ディディエも可愛《かわい》いクラリスのためなら時間を空けてくれるはずだから」

クラリスのダンスパートナーをディディエ兄上が務めるだって？

手と手を取り合って体を密着させながらダンスを踊る二人が脳裏に浮かぶ。

それと同時に、先日手を繋《つな》いで歩いていた二人の姿を思い出す。

――そんなの絶対にダメだ。

二人が一緒にいる姿を思い浮かべるだけで胸にモヤモヤとした不快感が湧き起こり、脳の奥がカァッと熱くなる。

「……いえ、私が練習相手になりましょう。クラリスもディディエ兄上よりは私が相手の方が気楽だろう？」

ディディエ兄上よりも私の方がクラリスと親しいはずだ。そうだと言ってくれ。

「それは仰《おつしや》る通りなのですが……アレン様のご迷惑になりませんか？」

クラリスは少し眉を下げて申し訳なさそうに私の顔を窺《うかが》っている。

あまりの可愛らしさといじらしさに、思わずグリグリと頭を撫《な》で回したくなる気持ちを必死で抑える。

こういう仕草のひとつひとつが私の胸を打っていることに、クラリスは気づいているのだろうか？

思わずとろりと蕩《とろ》けてしまいそうな表情を引き締め、紳士の仮面を被《かぶ》る。

「ああ。私もたまには練習をしておかないと忘れてしまうからね」

「本当ですか？　嬉《うれ》しいです、ありがとうございます！」

花が咲いたようにパァッと顔を綻《ほころ》ばせるクラリスを見て、私の口角も自然と上がる。

何気なく母に目を遣《や》ると、母はニヤニヤといやらしい笑みを浮かべている。

――――ほら、言わんこっちゃない！

母の心の声が聞こえてくるようだ。

自分が母の思惑通りに動いてしまっていることは甚《はなは》だ遺憾《いかん》だが……そろそろ認めざるを得ない。

私は目の前でニコニコと楽しそうに今日の出来事を語る少女――――クラリスに恋をしているということを。

今にも壊れそうにか弱い薄幸の少女。それがクラリスの第一印象だった。

話すにつれ、彼女はか弱いだけではない、強い芯を持っていることが分かった。

今のように恵まれた環境に急に放り込まれても、驕《おご》ることなく前向きに研鑽《けんさん》を続ける姿は尊敬にすら値する。

彼女の純真さや無垢《むく》さは、おそらくディディエ兄上にとっても好ましいものであるはずだ。

なぜなら兄上も私と同じで、煌《きら》びやかに着飾った女性の裏にある腹黒さや獰猛《どうもう》さに嫌気が差し、女性を遠ざけているのだから。

しかしこの恋情を自覚した以上、クラリスを兄上に渡す気はない。

いや、絶対に渡さない。

小動物のように愛らしいクラリスをひたすら撫《な》で回して慈《いつく》しみたい衝動に駆られつつ、私はどうやってこの恋心を帰結させようか考えを巡らせていた。

第四章　初めて社交に参加しました

イベリンがガルドビルド公爵邸に来てから四か月ほど経《た》った、とある日。

公爵邸の一室にて。

「違います。淑女礼《カーテシー》は膝を曲げて腰を落とすのです。前傾姿勢になるのではありません。はい、もう一度」

もう一時間も同じことを繰り返していて、イベリンの苛立《いらだ》ちは我慢の限界を迎えていた。

「違います。そんな格好ではお胸が丸見えになってしまいますわ！　もう少し背筋を起こしてください。はい、もう一度……」

「もう無理よ!!　アンタ何なの!?　同じことを何度も何度も！」

「アンタ、ではありません。イニエスタ夫人とお呼びください」

「何よ！　ただの子爵夫人が偉そうに!!」

イベリンの暴言に、イニエスタ夫人は啞然《あぜん》とする。

いくらガルドビルド公爵の婚約者とはいっても、今のイベリンはただの子爵令嬢である。

家格が同じ子爵位とはいえ、夫人と令嬢では夫人の方が断然立場が高いのは、貴族界の常識である。

（偉そうなのはどちらなのかしら）

その時イニエスタ夫人の心に去来したのは、怒りではなく諦《あきら》めである。

イベリンの夫人教育を担当して約一か月、遂にイニエスタ夫人が匙《さじ》を投げた。

「期待に添えず申し訳ございませんが、わたくしではイベリン様の教育係を務めるには力不足だったようですわ」

「……左様《さよう》ですか。大変遺憾《いかん》ですが、致し方ないですね。イニエスタ夫人は本日までで結構です」

イニエスタ夫人の申し出を受けた家令のダビデは、公爵家家令の威厳を保ちながらも労《ねぎら》うような眼差《まなざ》しで夫人を見送った。

「……はぁ。たったの三か月で六人だぞ。夫人教育に充《あ》てられる家庭教師はまだいただろうか……？」

誰もいなくなった執務室で、ガルドビルド公爵家家令ダビデの呟《つぶや》きは静寂に消える。

淑女教育を施《ほどこ》す家庭教師は数あれど、高位貴族の夫人教育を担《にな》える家庭教師はそう多くない。

今日辞めていったイニエスタ夫人は元々は由緒正しい伯爵家の出で、問題のある令嬢にも根気強く教え続ける胆力があることで有名だった。

そのイニエスタ夫人が一番長く保《も》って一か月。他の教師は一～二週間ほどで匙を投げ、この三か月で六人の教師が辞めていった。

「いくら下位貴族の令嬢とはいえ、こんなに酷《ひど》いことがあるか……？　まるで猿を相手にしているようだ」

いや、曲芸団《サーカス》で躾《しつ》けられた猿の方がまだ賢いだろう、とダビデは心の中で続ける。

ダビデはオスカーの乳母《うば》の子、つまり乳兄弟《ちきょうだい》で、オスカーにとっては数少ない気の置けない友人でもある。

四年前にオスカーがガルドビルド公爵家を継ぐ際に前家令が隠居する両親について行ったため、ダビデがその後を継いだ。

ダビデ自身も元は伯爵家の三男であり、現在は男爵位を保有している現役の貴族当主である。家令という仕事柄社交の場に出ることはほとんどないが、それでも友人や仕事仲間から『春の妖精』についての噂《うわさ》は聞き及んでいた。

――『春の妖精』のように可憐《かれん》で嫋《たお》やかな令嬢――

子爵令嬢イベリン・シーヴェルトは四年前のデビュタントで、その愛らしい容姿と咲き誇るイエローローズのような華やかさで会場の視線をさらったという。

高位貴族の令嬢にはない天真爛漫《てんしんらんまん》さと時折見せる頼りなさが男心をくすぐり、『春の妖精』は瞬《また》く間に令息たちの注目を独占する存在となった。

ダビデの友人の一人もイベリンを絶賛し、「あれだけの美貌《びぼう》を持ちながら驕《おご》らずどこまでも純心で、後ろに一歩下がって男を立てる姿がいじらしく、数多くの令息たちから言い寄られているのに決して手折《たお》られない高嶺《たかね》の花だ」と熱く語っていた。

最近ではイベリンが参加する夜会では常に周りを独身の若い令息が囲み、彼女がどこにいてもすぐに分かるような状態だったらしい。

ただ、どこまでいってもイベリンは子爵令嬢でしかなく、オスカーが参加するような高位貴族の夜会には招待すらされなかった。

だから本来ならばオスカーとの接点はなかったはずなのだが……。

（あの仮面舞踏会をオスカーに勧めたのは、私なんだよなぁ……）

あれは半年ほど前のこと。

度重なる婚約解消の後にオスカーの悪評が広まってしまったために、高位貴族からは婚約の打診すら断られるようになってしまった。

そして宰相職に就いてからは仕事が忙しくなったこともあり、婚約者探しはますます難航していた。

そんな時、オスカーが部下である宰相補佐の伯爵令息から「仮面舞踏会を開くから参加してみないか」と誘いを受ける。

オスカーから「どう思うか？」と聞かれたダビデは「参加してみたら良いのでは？」と答えた。

その頃のオスカーは婚約が先方から断られ続けることによってすっかり自信をなくしていた。仮面舞踏会であればオスカーの地位や職務を気にすることなく気軽に色んな人と交流できるし、オスカーの自信を取り戻す一助になるのではと思ったのだ。

（それがまさかこんなことになるとは……）

よくよく考えれば、仮面舞踏会で気軽に男と一夜を共にするような女性にまともな貴族の常識が備わっているとは思えない。

しかし、何分あの頃は如何《いか》にして伴侶となる令嬢を見つけるかで頭がいっぱいで、オスカーもダビデも正常な思考ができていなかった。

さすがにシーヴェルト子爵家の隠された令嬢クラリスがあんなに見窄《みすぼ》らしい姿で屋敷に来た時点で、きちんと調査をすべきだった。

しかし、イベリンの社交界での評判と忙しさを言い訳にそれすらも怠ってしまった。

（オスカー様の手がそこまで回らないのなら、私が率先して動くべきだったのだ。……家令失格だな）

イベリンが簡単なマナー教育もままならない現状を見ると、シーヴェルト子爵家には何か重大な問題があると考えざるを得ない。

（とりあえずどう転んでも良いように、イベリン嬢には新たな教師をつけて……子爵家の調査には『影』を使うか）

王家に連なるガルドビルド公爵家は、王家と同じように『影』と呼ばれる諜報《ちょうほう》部隊を独自に持っている。

家令のダビデにはその影を限定的に使える権限が与えられている。

新しい教師を見繕《みつくろ》って依頼するために作業をしていると、執務室前で人の怒声の応酬《おうしゅう》が聞こえてきた。

「何だ、どうした?」

ダビデが執務室を出て様子を窺《うかが》うと、執務室に押し入ろうとするイベリンと、それを止めようとする侍女たちが言い争っていた。

「あ、ダビデ! あなたを探していたのよ!」

ダビデの顔を見るなり、イベリンが大声を上げる。

「……イベリン様。何か御用でしょうか?」

ダビデが恭《うやうや》しく尋ねると、イベリンは居丈高《いたけだか》に胸を張って腕を組む。

「ちょっと。あの教師、早く辞めさせてくれる?」

「……? あの教師とは、イニエスタ夫人のことでしょうか?」

「そうよ! あの女はただの子爵夫人のくせに自分の立場を弁《わきま》えない愚か者よ。公爵夫人に仕える者として相応《ふさわ》しくないわ」

得意満面のイベリンに相対するダビデの心中は疑問符で埋め尽くされる。

（それを言うならイベリン嬢はただの子爵令嬢だが……何を勘違いしているんだ？　それに、あなたに言われなくともイニエスタ夫人は自ら去って行ったぞ）

思うことは色々あるが、眼前のイベリンの様子を見ていると口に出すのも憚《はばか》られた。

……常識が通用する相手ではなさそうだ。

まともに議論しようとすれば、こちらが消耗するばかりで相手の理解は得られないだろうことが容易に想像できる。

「……かしこまりました。新しい教師はすぐに手配いたしますので、今日はお部屋で好きにお過ごしください」

ダビデが腰を低くするとイベリンは要望が通ったと思って満足したのか、侍女を引き連れて部屋に戻って行った。

その後ろ姿を見ながら、ダビデはひとつ溜息《ためいき》を落とした。

＊＊＊

「何か好きなことを……っていっても、暇なのよねぇ」

部屋に戻ったイベリンは、ソファに身を投げ出して寛《くつろ》ぎながら侍女が用意した茶菓子に手をつける。

子爵家にいた頃のイベリンはもっぱら外出を好んでいた。

ほぼ毎日どこかの夜会だの仮面舞踏会だの、怪しげな趣味クラブに誘われて参加したりしていた。

なぜか昔から同性からは嫌われることが多く、貴族令嬢が集《つど》う茶会にはほとんど呼ばれなかったこともあり、昼間は夜のために寝ていることが多かった。

そもそも多くの貴族令嬢が嗜《たしな》むような刺繍《ししゅう》や読書、音楽や絵画などの芸術鑑賞は性に合わない。

要するに、昼間に活動したことがほとんどないのである。

しかし公爵邸に来て三か月、イベリンは一切社交の場に出ていない。

それは公爵邸にイベリン宛の招待状が送られて来ないのが理由ではあるが、未来の公爵夫人が夜毎《よごと》遊び回っていたら外聞が悪いだろうというイベリンなりの配慮でもある。

だがしかし、毎日毎日教師から叱られ、嫌いな勉強を無理やりさせられる生活が続くのに嫌気が差し、そろそろ我慢ができなくなってきた。

「ああ、やっぱりクラリスを手元に置きたいわ」

ソファに寝転び、天井を見上げてイベリンは独《ひと》り言《ご》ちる。

子爵家にいた頃、夜会で『春の妖精』をやっかんだ他の令嬢から嫌味を言われたり、嫌がらせされた後には、決まってクラリスに暴言や暴力をぶつけてストレス発散をしていた。

イベリンにとってクラリスはいつまでも「憎い貴族の象徴」であり、唾棄《だき》すべき相手なのである。

こんな風に気分が下がってしまう時は、クラリスを甚振《いたぶ》ればスッキリできるのに。

「ああ、やっぱり暇だわ！　そこの侍女！　何か良い暇つぶしはないの？」

夜に出かけないためソファに横になっても眠気が全くこない。

イベリンは起き上がり乱暴に呼び鈴を鳴らすと、侍女を呼びつけて苛立《いらだ》ちをぶつけた。

だが、侍女は表情ひとつ変えずに淡々と答える。

「今日は良いお天気ですのでお庭を散策などされては如何《いかが》でしょうか」

「庭の散策？　そんなの興味ないわよ」

イベリンは欲望に忠実な人間なので、残念ながら花を愛《め》でるような高尚な趣味は持ち合わせていない。

「……そうですか。公爵邸のお庭は広いですから、お茶会やガーデンパーティーなどに打ってつけだと思うのですが」

侍女がそう付け足すと、イベリンははたと動きを止める。

（お茶会やガーデンパーティーは好きだけど……自分で催すのは面倒ね。……ん、お茶会？

……そうだわ、どうせ暇なら『ガルドビルド公爵の婚約者』として、積極的に社交すればいいのよ！）

「決めたわ！　今から出かけるから支度しなさい」

「外出されるのですか？　一体どこへ？」

突然外出を告げたイベリンに、侍女は訝《いぶか》しげな視線を向ける。

「『エドナ侯爵邸』よ！」

＊＊＊

「エドナ侯爵夫人のサロン、ですか？」

とある日の午後、フリージア様とのティータイムを楽しんでいると、フリージア様から社交サロンに参加しないかと提案を受ける。

「ええ。エドナ侯爵夫人とは旧知の仲なのだけど、今彼女のサロンは若い令嬢の間で大人気なのよ。クラリスも最近はマナーがしっかり身についてどこに出しても恥ずかしくないぐらいになったし、社交を始めるタイミングとしては良いと思うのよね。お友達ができるかもしれないし、一緒に行ってみない？」

フリージア様の提案に、私は戸惑う。

そんなに人気のサロンであれば、参加者は高位家門のご令嬢ばかりだろう。

七歳から下女扱いを受けてきた私は、当然お茶会やサロンに参加したことなど皆無だ。

いくらフリージア様が介添人《シャペロン》として付いてくれるとはいえ、私のような場違いな下位貴族の令嬢が参加しては、先方の迷惑になるのではないかしら？

それに、フリージア様に恥をかかせてしまうのは嫌だわ。

「私のような者がそんな場所に参加するなんて、畏《おそ》れ多くて……」

「あら、どうして？　この私が連れて行くのだし、私がそこに相応《ふさわ》しいと認めたのだから誰にも文句は言わせないわ！　もちろん、クラリス自身にもね」

レネアさんから聞いたところによると、フリージア様は『社交界の華』と呼ばれるほどの存在で、あちこちの社交場に引っ張りだこなんだそうだ。

「……でも私は……シーヴェルト子爵家の中でも厄介者《やっかいもの》扱いですから、公爵家からの補償の話が落ち着けば平民として生きる予定なんです。貴族の方々も私と繋《つな》がりを持ってもメリットがありませんし、そんな者を引き入れてフリージア様の評判が下がるようなことがあれば、申し訳が立ちません」

私がそう説明すると、フリージア様は優しげな翡翠《ひすい》の瞳を細め、静かに微笑《ほほえ》む。

「……クラリス。そんなに難しく考える必要はないのよ。平民になってから何か仕事をするにしても、貴族とのコネクションはあった方が良いでしょう？　それにあなたの言動で私の評判が傷つくなんてことは絶対にないのだから、もっと気軽に考えて良いのよ」

フリージア様の優しい声色には、私のことを心から気遣ってくれている温かみを感じる。

ここまで仰《おっしゃ》ってくれるのに固辞してしまうのは、逆にフリージア様の温情を無碍《むげ》にしてしまうことになってしまうわよね。

「はい、ありがとうございます。あまり自信はないですが……頑張ってみます」

私がそう返事をすると、フリージア様はニッと口角を上げる。

「さあ！　そうと決まればドレスを作らなくっちゃね？」

嬉《うれ》しそうに手を叩《たた》くフリージア様を見て、私は血の気が引く。

もしかして……またあの『着せ替え人形』をやらされるのかしら……？

どんなドレスにしようかと楽しそうに話しているフリージア様を横目に、私は小さく身を震わせた。

・

それから約三週間後、エドナ侯爵夫人のサロンに参加する日が来た。

私が身に纏《まと》うドレスはフリージア様がお抱えの仕立て屋と協力して製作した総レースのドレスで、最高級の絹糸をふんだんに使って作られたチュールレースを幾重にも重ねたスカートは、ドレスを膨《ふく》らませるための下着であるクリノリンがなくともふんわりと膨らむ。

「とってもお似合いです、クラリス様」

いつものようにてきぱきと支度してくれた侍女のレネアさんが、今日の装いを褒めてくれる。

「いつも綺麗《きれい》に仕上げてくださってありがとうございます」

私がお礼を言うと、レネアさんは小さく笑みを浮かべる。

「クラリス様は磨けば磨くほど光るお方ですから、力の尽くし甲斐がありますわ」

レネアさんの仕事ぶりはいつ見ても惚《ほ》れ惚《ぼ》れするほど完璧で、私は密《ひそ》かに尊敬している。

「まぁ、クラリス綺麗だわ！　思った通り、清純なあなたの雰囲気にピッタリね」

フリージア様が私の装いに満足そうに頷《うなず》くと、二人で馬車に乗り込んでエドナ侯爵邸へと向かった。

　エドナ侯爵邸はセインジャー侯爵邸よりは小ぢんまりとした印象だが、よく整えられていて童話に出てきそうな可愛《かわい》いお屋敷だった。

「ようこそいらっしゃいました。フリージア、久しぶりね」

玄関で出迎えてくれたエドナ侯爵夫人は、ゆるくウェーブしたプラチナブランドと金紅石《ルチル》の瞳が神々《こうごう》しいほどに美しい女性だ。

「リヴィ、ごきげんよう。あなたは相変わらず年齢不詳ね？」

……フリージア様もですけどね。

「あら、ふふふ。フリージアもでしょう。だって私たち、三十五歳からは年を取らないじゃない？」

不思議な言葉に私が首を傾《かし》げると、お二人はとても美しいお顔でうふふと笑い合う。

恐らくお二人の合言葉のようなものなのだろう。

確かにおいくつであろうと、お二人が相手ならば是非手を取ってほしいと思う男性は多いんじゃないかと思う。

「そちらのお嬢さんが例のフリージアのお気に入り？　初めまして、リヴェラータ・エドナよ。今日は私のサロンにいらしてくれてありがとう」

「本日はお招きいただきありがとうございます。シーヴェルト子爵家が次女、クラリスと申します」

社交界のマナーに則《のっと》り、身分の高いエドナ侯爵夫人からの声掛けを待ってから淑女礼《カーテシー》でご挨《あい》拶《さつ》をする。

「まぁ〜、とっても可愛《かわい》らしい子ね！　フリージアが気に入るのも分かるわぁ」

「さすがリヴィ、分かってる！　この子はね、私が腕によりをかけて磨いたの。たったの四か月でこの仕上がりよ、どう？」

「四か月……ほんとうに？　今の淑女礼《カーテシー》は国王陛下の前で披露《ひろう》しても恥ずかしくない出来だったわよ」

お二人は女学生時代の同級生だそうで、当時から仲が良かったらしい。

楽しそうに会話している様子を見ていると、お二人が知己であるということがよく分かる。

「さ、立ち話も何だからサロンへいらっしゃい」

エドナ侯爵夫人の案内で、侯爵邸のサロンに入る。

そこはガラスで覆われた広いコンサバトリーで、侯爵邸の可愛らしい庭が存分に楽しめる空間となっている。

既にサロンには十五名ほどの令嬢が座っていて、思い思いの席に座り会話を楽しんでいた。

「このサロンでは通常のお茶会のように決まった席で決まった相手と会話をするのではなくて、自由な場所で気の合うお友達と好きに過ごしているのよ。例えばあちらの窓際に座っている令嬢たちは読書を楽しんでいるわね。中央のソファに座っている令嬢たちはレースを編んでいるようだし、暖炉の前にいる二人はチェスを指しているわ」

説明に従って室内を見回してみると、部屋の色んな場所で若い令嬢が思い思いに余暇を楽しんでいる。

エドナ侯爵夫人がパンパンと手を打ち鳴らすと、令嬢たちの視線が一斉にこちらを向く。

「皆さん、サロンの新しい参加者をご紹介いたします。こちらは私の親友、フリージア・セインジャー侯爵夫人、そしてこちらがクラリス・シーヴェルト子爵令嬢よ」

紹介に合わせて頭を軽く下げると、令嬢たちが驚いたように「わあっ！」と声を上げる。

令嬢たちの視線はフリージア様に注がれているようだ。中には目元を赤らめながらフリージア様を食い入るように見つめている令嬢もいる。

すぐに数人の令嬢が席を立ってこちらへ近付いてきて、フリージア様に声を掛けてほしそうに頬を上気させている。

「皆さん、ごきげんよう。フリージア・セインジャーよ。今日は私が目をかけているシーヴェルト子爵家のクラリスの介添として来たの。仲良くしてくれると嬉《うれ》しいわ」

フリージア様が私を紹介してくれたので、私は令嬢たちに向けて頭を下げる。

「ごきげんよう、セインジャー侯爵夫人。わたくしはドマーニ公爵家が長女、オリヴィアと申します。『社交界の華』と名高き夫人にお会いできて、とても光栄ですわ」

「私はラインホール侯爵家が次女、ロジータと申します。お会いできて僥倖《ぎょうこう》でございます。是非尊敬するセインジャー侯爵夫人に淑女の心得を賜《たまわ》りたいですわ！」

この中で一番身分が高いであろう令嬢が挨拶《あいさつ》をすると、次々に他の令嬢も挨拶を始める。

私たちの周囲に集まった令嬢が一通り挨拶を終えると、最初に挨拶をした令嬢が口を開く。

「セインジャー侯爵夫人。是非わたくし共のテーブルにいらして、お話をお聞かせいただけませんか？」

隣に立つ私など眼中にないといった様相で、フリージア様を席へ誘導する。

「あら、素敵なお誘いね。ではお邪魔しましょうか、クラリス」

フリージア様が当然のように私も頭数に入れようとすると、令嬢たちの視線が一瞬鋭くなる。

「あらあら、ふふふ。今日は私もそちらのテーブルに行こうかしら？　さあクラリスさん、行きましょう？」

私たちのやり取りを黙って聞いていたエドナ侯爵夫人が私の背をそっと押して、令嬢たちが座る円卓に誘導された。

その円卓には高位貴族の令嬢たちが集まっているようで、流行のドレスや話題の菓子の話で盛り上がっている。

「そういえばオリヴィア様。今着ていらっしゃるのはマダム・ロリエのオーダードレスですわね？　さすがはかの有名なマダム・ロリエ、オリヴィア様の良さを存分に生かすデザインで素晴らしいですわ！」

「ええ、わたくし、ドレスはマダム・ロリエでしか作りませんの。今回のデザインは帝国の流行を取り入れた最新のもので、ロリエ夫人が『是非オリヴィア様に着ていただきたい』と言って持ってきたものなのよ」

「わあ、ロリエ夫人が直々に？　ただでさえマダム・ロリエのドレスショップは人気過ぎて予約が全く取れないと聞きますのに……さすがオリヴィア様ですわ」

若い女性らしく賑《にぎ》やかに会話を繰り広げているが、その話題の中心は令嬢たちの中で一番身分の高いドマーニ公爵令嬢のようだ。

私はというと会話の内容に全くついていけず、ニコニコしながら座っていることしかできない。

「やはりセインジャー侯爵夫人もマダム・ロリエでドレスをお作りに？」

一人の令嬢が話を振ると、フリージア様は余裕のある笑みを浮かべて穏やかだが良く通る声で答える。

「当家にはお抱えのデザイナーがいますから、私のドレスはいつも彼女にお願いしているの。ほら、今日クラリスが着ているドレスは私とデザイナーとで話し合って作ったドレスなのよ。王都ではまだあまり出回っていない絹糸のチュールレースをたっぷり使っているから、とっても繊細で美しいでしょ？」

次の瞬間、令嬢たちの視線が一斉に私に降り注ぐ。

「クラリスさんのドレス、先ほどから気になって仕方なかったのよ！　動くたびにふわふわと揺れて、すごく可愛《かわい》いの」

エドナ侯爵夫人が嬉《うれ》しそうに私のドレスを褒めると、今までは私の存在すら目に入っていないように振る舞っていた令嬢たちが何か言いたげに視線を彷徨《さまよ》わせ始める。

「……私も、一目見た時からそのドレスが気になっていたのです」

「私もです……」

「セインジャー侯爵夫人のデザインだったのですね！　さすがですわ」

「その透き通る『チュールレース』というのは一体どこで手に入るのでしょうか？」

一人の令嬢が言葉を発したのを皮切りに、一人、また一人と目を輝かせながらフリージア様にドレスについての質問を始める。

先ほどまで話題の中心はドマーニ公爵令嬢だったのに、あっという間にフリージア様が話題の中心となってしまった。

今までは一度も社交場に出たことがなかったから実感がなかったけど、こうやってあっという間に場の主導権を掌握してしまったフリージア様はやはり凄《すご》い人なんだと思う。

一方で主役を奪われてしまったドマーニ公爵令嬢はというと……不快感などは一切顔に出さず、かといって会話に加わるわけでもなく涼しい顔で紅茶カップを口に運んでいる。

「……なの。ねぇ、クラリス？」

周囲を見回しながら考え事をしていると、突然フリージア様に水を向けられハッとする。

……しまった、話を聞いていなかった。

「あ……はい、そうですね」

内心冷や汗をかきながらも笑みを浮かべて答えると、フリージア様は満足そうに頷《うなず》いた。

どうやら、返答としては間違っていなかったらしい。

「フリージアは本当にクラリスを可愛《かわい》がっているのね」

エドナ侯爵夫人がそう言ったところで、それまで一度も私に視線を向けなかったドマーニ公爵令嬢が私に向かって口を開く。

「ところで……シーヴェルト子爵令嬢は、セインジャー侯爵夫人とどういうご関係で？　シーヴェルト家はセインジャー家の寄子《よりこ》ではないはずですけど」

私を真《ま》っ直《す》ぐに見据えるドマーニ公爵令嬢の鮮やかなアンバーの瞳からは、好意的な感情は全く感じられない。

「クラリスはね……うちのアレンが拾ってきたのよ」

すると突然、フリージア様がとんでもないことを口走る。

「フ、フリージア様！　誤解を招く言い方をされては……！」

私は慌てて訂正しようとするが、発言を終える前にエドナ侯爵夫人がコロコロと軽やかに笑い声を立てる。

「ほほほ……フリージアったら。クラリスさんは仔犬《こいぬ》や仔猫ではないんだから」

エドナ侯爵夫人があまりに楽しそうに笑うので、先ほどの発言はフリージア様のジョークだと思ったのか、令嬢たちは顔を引き攣《つ》らせながら笑い始める。

「ほ、ほほほ……セインジャー侯爵夫人はジョークがお上手ですわ……」

「ア、アレン様が令嬢を拾われるなんて……ねえ？」

「あら？　概《おおむ》ね事実だけれどね。クラリスはアレンが連れて来て、事情があって今はセインジャー邸に滞在しているのよ。仔犬や仔猫のように家族みんなに可愛がられているしね」

再びフリージア様に投下された爆弾により、苦笑いしていた令嬢たちはピシリと固まってしまった。

「我が家の息子たちは揃《そろ》いも揃って女の子が苦手で、いつまで経《た》っても連れて来てくれないからどうしたものかと思っていたのだけど。クラリスが来てから、毎日が楽しいわ」

「……未婚の令息がいらっしゃる屋敷に未婚の令嬢を住まわせるなんて、あまり外聞がよろしくないのでは？」

ドマーニ公爵令嬢が静かに意見すると、フリージア様は頬に手を当ててコテンと小首を傾《かし》げる。

「やむを得ない事情があるのよ。……ほら、『シーヴェルト子爵家』と聞いて、皆さまは何か思い浮かべることはないかしら？」

「……シーヴェルト子爵家といえば、『春の妖精』のご実家ですよね？」

「ああ……でもあのお家、令嬢は一人しかいなかったのではなくて？」

再びその場の視線が私に注がれる。

「……イベリン・シーヴェルトは私の義姉です。私は前子爵の娘で、今の家族は父の死後に子爵家を継いだ叔父《おじ》一家なのです」

私が子爵家の事情を説明すると、令嬢たちの顔はどこか納得したような、私を憐《あわ》れむような表情に変わる。

「そういう事情で、クラリスは今十七なのだけど、デビュタントもまだ済ませていないし、もちろん同年代のお友達もいないの。だから、皆さんにはクラリスと仲良くしていただきたいのよ」

詳細は言わずともそういう事情だけで察した令嬢たちは、口々に私を励ましてくれた。

その後は和《なご》やかな雰囲気になり、さすがにドマーニ公爵令嬢とはおいそれとお話しできなかったけれど、何人かの令嬢とは楽しくお話をすることができた。

「そろそろお開きにいたしましょう。クラリスさん、今日は楽しかったわ。また是非サロンにいらしてね」

帰り際、エドナ侯爵夫人は私の手を包むように握り、ぎゅっと握手をしてくれた。

その手はとても柔らかく、温かかった。

エドナ侯爵邸の玄関ホールに着くと、侯爵邸の護衛たちが慌ただしく出入りしていた。

「どうしたの？」

見送りに出てきたエドナ侯爵夫人が護衛の一人に声をかけると、護衛は足を止めて夫人に向き直り敬礼する。

「奥様、騒がしくして申し訳ございません。つい先ほどまで正門前で『サロンに入れろ』と騒いでいる令嬢がおりまして、『招待状がなければお通しできない』と何度も断ったのですが、

『自分は公爵夫人だ』と言って引かず……。なにぶん相手が令嬢ですから我々も荒々しい対応ができず困っていたのですが、先ほど『サロンはもう終了した』と伝えたら、ようやく諦《あきら》めて帰ったところでした」

護衛の報告を聞いて、エドナ侯爵夫人は眉根を寄せる。

「……まあ……一体どちらのご令嬢かしら？　随分《ずいぶん》と不躾《ぶしつけ》な公爵夫人だこと」

そう呟《つぶや》くと、エドナ侯爵夫人はこちらに向き直り、申し訳なさそうな表情を浮かべる。

「お騒がせしてごめんなさいね。どうやら不審人物が騒いでいたようなのだけど、今はいなくなったから安心して帰って」

「リヴィのサロンは人気だものね。こういったことは良くあるの？」

フリージア様が尋ねると、エドナ侯爵夫人は首を縦に振る。

「ええ、たまに招待状を持たないお嬢さんがやって来るのよね……。でも、今日の方は特にしつこかったみたいね」

夫人はそう言って小さく溜息《ためいき》をついた。

……大変な人気があるというのも良いことばかりではないのね。

それからフリージア様と私はエドナ侯爵夫人にお礼を言って馬車に乗り込み、侯爵邸を出た。

今日のサロンで数人の令嬢と仲良くなり、文通をしましょうと約束をした。

どんな手紙を書こうかしらとあれこれ想像しているうちに、馬車はセインジャー侯爵邸に到着していた。

＊＊＊

玄関の扉を潜《くぐ》ると、バナードさんがアレン様が来訪していると教えてくれた。

報告を受け、私はアレン様が待っているというサロンへ足早に向かう。

アレン様はここ一か月ほど、毎日のように侯爵邸に顔を出され、そのたびに私と話す時間を取ってくれる。

はじめは気にかけてもらうことに申し訳なさを感じ気後《きおく》れしていたけど、最近では自分でもびっくりするほどアレン様に心を開いていると感じる。

アレン様に柔らかな表情や言葉を向けられると、不思議と安心感が芽生えるのだ。

この感情がフリージア様や他のご家族に抱く感情とは違うことには気づいているけれど、どこがどう違うのかは分からない。

早足も相まってドキドキと高鳴る胸をひと撫《な》でして、サロンの扉を叩《たた》く。

扉を開くと、窓際のテーブル席に座って何かの資料を読んでいるアレン様がいた。

「すみません、アレン様。お待たせしてしまいましたよね？」

「いや、全然。ちょうどクラリスが戻ってくる時間を見計らって来たから」

そう言って顔を上げたアレン様の手元の紅茶カップの中身はすっかり空になっている。

アレン様の綺麗《きれい》な黒髪が西陽を受けて透き通るように輝いていて、私は思わず目を奪われる。

なぜかアレン様も私を見つめたまま固まっていて、しばらく二人で見つめ合う。

「ああ……すまない、クラリスが美しすぎて言葉を失ってしまった。君の初めての社交ドレス姿を見たくて、屋敷に寄って正解だった」

一瞬アレン様が言った言葉の意味が理解できず、少しの間を置いてぶわっと頬が熱を持つ。

「う、うつくしい……」

「ふはっ。クラリス、熟《う》れた林檎《りんご》みたいに真っ赤だよ」

アレン様は私の顔を見てくつくつと笑うと、立ち尽くしている私の元へやって来て私の手を取り、スマートにテーブル席に誘導する。

今日のアレン様は、まるで以前読んだ小説に出てきた稀代《きたい》の色男のようだわ……。

なんとなくモヤモヤとした気分で隣に立つアレン様を見上げると、アレン様の耳がほんのり赤くなっていることに気づく。

……なんだ、アレン様はさっきのような台詞《せりふ》を言い慣れているわけではなかったのね。

さっきまでのモヤモヤはあっという間に吹き飛んで、自然と口元に笑みが浮かぶ。

椅子を引かれ着席すると、侍女が紅茶と茶菓子を乗せたワゴンを押してくる。

いつもながらにタイミングがバッチリ……さすが侯爵邸の侍女だ。

「茶会の後に茶を勧めるのも何だけど、少しだけ付き合ってくれるか？」

「はい、もちろんです……」

何だろう。

私を見つめるアレン様の視線が、妙に甘やかに感じるのは気のせいだろうか……？

「それで、サロンはどうだった？」

「あのように同年代の女性と交流するのは初めてだったので、とても楽しかったですよ。それに、すごく勉強になりました」

「勉強に？」

「はい。貴族令嬢の会話の仕方だとか、立ち回りだとか。私は全然ついていけませんでしたが、フリージア様は一言二言話すだけで場を掌握していらっしゃって……本当に素晴らしかったです」

私がお茶会でのフリージア様の勇姿を語って聞かせると、アレン様は苦笑する。

「確かに母上はある意味すごいお方だが……クラリスが母上のようになってしまうのは嫌だな」

「わ、私には、とてもフリージア様のように振る舞うことはできません」

あまりの恐れ多さにわたわたと手を振ると、アレン様はその翡翠《ひすい》の瞳を真っ直《まっす》ぐに私に向ける。

「うん。……クラリスは、そのままでいてくれ」

アレン様の優しい眼差《まなざ》しの中に仄《ほの》かな熱を感じて、少し戸惑ってしまう。

何と返事をすればいいか迷っていると、アレン様はふっと表情を緩めていつもの柔和《にゅうわ》な雰囲気が戻ってくる。

「ところでこの間、古書店に行った時のことだけど」

「はい」

「屋敷に戻ったあと、母上に叱られたんだ」

「え？」

意外な話の内容に、思わず疑問の声が口をついて出る。

「フリージア様が？　どうしてでしょう？」

「それが……令嬢を外に連れ出したのなら、普通は流行《はや》りのカフェにでも連れて行くものだろうと。『この、野暮天《やぼてん》!!』と言われてしまったよ」

「や、やぼてん……」

おおよそ淑女の鑑《かがみ》であるフリージア様から出たとは思えぬ言葉に啞然《あぜん》としていると、アレン様は再び苦笑して話を続ける。

「それで……近衛《このえ》の仲間から今王都で流行っている店を聞いたんだ。だから……」

アレン様は仄かに目元を赤く染めながら私の様子を窺《うかが》うようにちらちらと視線を移し、コホンとひとつ空咳《からせき》をする。

「よかったら、今度また私と一緒に出かけてくれないか？」

一か月前の私だったら、自分なんかがアレン様と出かけるなど恐れ多いと迷わずお断りしただろう。

だけどこの一か月、アレン様は私に繰り返し「自分なんかと言うな」と言って、どのような身分でも、どのような立場でも自分に誇りを持って堂々としていることが大事だと教えてくれた。

それに……試験結果を言い渡される学生のような真剣な表情で私の返答を待っているアレン様を見ていると、むしろ断る方が失礼な気がする。

私は意を決して、返事をするために口を開く。

「はい、是非。よろしくお願いします」

心臓がドキドキしすぎて口から飛び出しそうだったけど、声が裏返らないように何とか心を落ち着けた。

「……そうか。……受けてもらえて、よかった」

アレン様は二、三度うんうんと頷《うなず》くと、安心したようにふにゃりと笑った。

そう、ふにゃりと。

騎士ということもあり、いつもは柔和《にゅうわ》な中にも凛々《りり》しさを感じさせる表情をしているアレン様だが、その彼がまるで少年のようにふにゃりと笑ったのだ。

その光景があまりに衝撃的で、私は思わず息を呑《の》む。

だってアレン様があまりに……あまりに可愛《かわい》らしいんだもの！

「教えてもらったのは令嬢たちに人気があるカフェで、何でも『フルーツサンド』というのが人気らしい。クラリスはフルーツが好きだよな」

「はい」

「それなら、気に入りそうだな。そのカフェが開くのが昼頃だから、それまでの時間は別の店で買い物をしたいと思っているが、どうだろう？」

「ええ」

「その……次に社交場に行くときに君が身につけるものを贈れたら、と思っているんだが……」

「はい」

「そうか！　それでは次の休みの日の朝に、屋敷に迎えに来よう。ああ、流行《はや》りのアクセサリーのデザインなどを調査しておかなくてはな。それで……」

アレン様の笑顔の衝撃が抜けきらず、上の空で受け答えをしているうちに、いつの間にかアレン様の次の休日にお出かけすることが決まっていた。

まさか後日、アレン様からたくさんのアクセサリーや小物、それからお土産のフルーツサンドを買ってもらうことになるなんて、夢にも思っていなかった。

＊＊＊

サロンの日から二週間後、今日はアレン様のお休みの日だそうで、約束していたカフェとやらに連れて行ってもらえることになった。

例のごとく目を爛々《らんらん》と光らせたフリージア様に着せ替え人形にさせられたあと、迎えに来てくれたアレン様に手を引かれて馬車に乗り込む。

「今日の服も似合っているな……それはもしかして、サロンの日のドレスと同じ生地？」

「はい、そうなんです。この薄くて光沢のある絹でできたレースをチュールレースというのですが、これは前回のサロンでフリージア様が令嬢たちに流行らせたのですよ」

今日のワンピースには、前回のサロンで私が着たドレスと同じチュールレースが使われている。

あのドレスはサロンに参加した令嬢たちの心に刺さったようで、購入元の商店に問い合わせや注文が殺到していると聞いた。

「そうなのか。私は女性のことには疎《うと》いから流行などは分からないが、そのレースがクラリスのイメージにぴったりだということは分かる。恐らく、クラリスが着ていたからこそ、そのドレスがより魅力的に見えたのだろうな」

「そ、そうでしょうか……」

アレン様にそう言われ、私はワンピースに縫い付けられたチュールレースに視線を落とし、指で摘《つま》んで持ち上げる。

このレースが、私のイメージにぴったり？

……薄くて軽いところが似ているとか、そういうことかしら？

「くくっ。君は本当に考えていることがすぐ顔に出るな。……そうだな、そのレースは絹でできているから光沢があるだろう？　その美しい光沢はまるで君の煌《きら》めくシルバーの髪のようだし、その柔らかな質感は君のやさしく温かい為人《ひととなり》によく似ている。それに何より、その濁りのない真っ白な色は清純な君にぴったりだ」

「あの……それくらいでご勘弁ください……」

私は羞恥《しゅうち》のあまり消え入りそうな声で答える。

翡翠《ひすい》の甘やかな眼差《まなざ》しを向けられながら褒め言葉を並べ立てられ、私の顔は今にも燃え上がりそうなほど熱を持っている。

まだ目的地に到着してもいないのに、既に瀕死状態《ひんしじょうたい》だ。

そんな私を見て、アレン様は「ははっ」と声を上げて笑う。

……絶対に揶揄《からか》われていますよね？


真っ赤な顔を隠すために俯《うつむ》いているうちに馬車が到着したようで、いつの間にか紳士的な態度に戻ったアレン様のエスコートで馬車を降り、すぐ側《そば》のお店に入る。

お店に入るとすぐに、煌びやかな宝石が並んでいるのが目に入る。

ここは宝石店のようだ。

アレン様が宝石を好んでいるとは聞いたことがないから、どなたかへの贈り物かしら？

お店に入ってしばらく店内を見回ったあと、アレン様は足を止めた。

「近衛《このえ》の仲間に聞いたんだが、最近は女性の間で大ぶりの宝石が付いていて装飾の細かいアクセサリーが流行《はや》っているらしい。クラリスはどう思う？」

「そうですね……大ぶりの宝石は華やかで存在感がありますから、贈られる方は喜ばれるのではないでしょうか？」

「は？」

「え？」

アレン様の質問に答えると、なぜかアレン様が私をじっと見つめたまま固まってしまったので、私も釣られて固まってしまう。

「……私が贈りたい相手は君だよ、クラリス」

「…………えっ？」

私が驚きの声を上げると、アレン様はすっと翡翠《ひすい》の瞳を細める。

「クラリス、さては私の話を聞いていなかったな？」

「そんなことは……あ」

そういえば、カフェのお誘いを受けたとき、アレン様のふにゃりとした笑顔が気になって上の空になってしまったのだった。

「ふむ。それなら、その時の会話を再現してやろう。私が君に『何か身につけるものを贈らせてほしい』と言ったんだ。そしたら君は『はい』と答えた。だから今、こうして君にアクセサリーを選んでいるわけなんだが、思い出したかな？」

わ、私ってば何てことを……。

上の空のままアレン様にアクセサリーを贈っていただくのを了承するだなんて！

「今さら『受け取れない』だなんて言わないよね、クラリス？」

少し背を屈《かが》めて私の顔を覗《のぞ》き込むアレン様に、申し訳なさで顔を俯《うつむ》かせたまま視線だけを向ける。

「んん……そんなに潤んだ瞳で見つめられたところで、君に贈る品物の数が増えるだけなんだが。ああ、一度でいいから買い物の時に『ここからここまで』ってやつをやってみたかったんだよな。どうかな、クラリス？」

「そ、それはいけません！」

私が慌てて顔を上げると、アレン様が悪戯《いたずら》が成功したような顔で笑う。

「うん。それじゃあこの中からクラリスが欲しいものを選んでくれるね？」

「はい……」

それから私は遠慮することも許されず、（ほぼ強制的に）アレン様からの贈り物を選ばされることになった。

……いえ、大切な話をしている時に上の空だった私が悪いのよ。

贈る側のアレン様はというと、私と一緒に店内を歩きながら思いの外楽しそうに品物を吟味している。

「私はクラリスには大ぶりの宝石がついた仰々しいものより、小ぶりの宝石をたくさんあしらった繊細なものの方が似合うと思うんだ。……この揺れるイヤリングなんてどうだろう？」

そう言ってアレン様が手に取ったのは、二つの小さな宝石を細いチェーンで繋《つな》いだティアドロップ型のイヤリングだ。

「わあ、かわいい……」

アレン様がゆらゆらと手を揺すると、チェーンでぶら下がった宝石がキラキラと瞬《またた》きながら揺れるのが何とも可愛《かわい》らしい。

「気に入った？　石は好きなものを嵌《は》められるみたいだけど……クラリスはどんな色が好き？」

そう尋ねるアレン様の翡翠《ひすい》の瞳がやけに甘やかで、美しくて——思わず目の前にある見本の宝石に手を伸ばそうとした時。

「ごめん、やっぱり石は私が決めてもいい？　……石はこれで」

そう言ってアレン様が持ち上げたのは、私が手を伸ばしかけたアレン様の瞳と同じ色の翡翠だった。

「アレン様の瞳の色、ですね」

私の言葉に、アレン様は気まずげに視線を逸《そ》らして人差し指で頬を掻《か》く。

「うん、まあ……母上の瞳の色でもあるけど」

ああ、確かに。

フリージア様もアレン様とよく似た美しい翡翠の瞳だわ。

「私が側《そば》にいられない時でも、代わりにクラリスを守ってくれるように。この石を贈らせてくれるか？」

純粋に私を案じてくれるアレン様の気持ちが嬉《うれ》しくて、じんわり頬が熱くなる。

「はい……ありがとうございます」

笑顔でお礼を言うと、アレン様も優しく微笑《ほほえ》み返してくれる。

正直なところ、大きな宝石が付いたものでなくてホッとしている自分がいる。

小さな宝石よりも大きな宝石の方が高価なはずだから……。

「それじゃあ、次はこのイヤリングに合うネックレスとブレスレットも選ばないとな。一セットだけだと失《な》くしたときに困るから、少なくともあと三セットは見繕《みつくろ》わなくては」

「えっ！　ア、アレン様？」

それからアレン様は次々に他の商品を選び出し、私が止める間もなく両手以上の数のアクセサリーを購入したのだった。

＊＊＊

宝石店を出たあと、私たちはようやく一番の目的地であるカフェにやってきた。

そこは今流行《はや》っているという噂《うわさ》通り、既に店内は満席で外にも行列ができているほどだった。

基本的に貴族が列に並ぶことはないから、並んでいるのは平民の人たちだろう。

そしてやはり、スイーツを売りにしたお店らしく客のほとんどが女性だ。

どうやらアレン様は事前に予約を入れていたらしく、私たちはすぐに席に案内された。

私たちが案内されたのは、個室とまではいかないが三方をパーテーションで囲まれた半個室のような席だった。

丸くて可愛《かわい》らしいテーブル席に座ると、案内の店員がメニュー表を置いて去っていく。

「ここは前にも言ったように『フルーツサンド』が有名なんだ。ほら、『いちごサンド』に『キウイサンド』、『ブドウサンド』に『メロンサンド』……ああ、クラリスの好きなバナナもあるよ」

メニュー表を指差しながらアレン様が勧めてくれるが、それよりも気になることがあってあまり頭に入ってこない。

……店内の女性客の視線が突き刺さってくるようだ。

店に入った時……いや、それどころか店に入る前からだったが、どうやら長身で容姿端麗なアレン様は人目を引くらしく、女性客からの視線を集めてしまう。

ひとしきりアレン様を眺めたあとには、どうしても隣に立つ私に視線が移る。

そうして私には一層鋭い視線が投げかけられるのだ。

この席はパーテーションで仕切られているので四方から視線が飛んでくるわけではないが、それでも開いた部分から見える客席に座る女性たちからの視線が痛い。

「……クラリス？　どうした？」

そわそわと落ち着かない私に気づいたアレン様が声をかけてくれる。

「いえ、あの……すごく見られているなと思いまして」

「……ああ」

アレン様がちらりと他の客席に視線を向けると、客席からキャアと黄色い声が上がる。

「ああいうのは無視しておけばいいんだ。どうせ直接何かを言ってくるわけでもないしな。ほら、クラリス。何を注文する？」

あのような女性からの視線に余程慣れているのだろう。

全く気にする素振りもなく、むしろ見せつけるように体を私の方へ寄せて甘やかな笑みを浮かべる。

その笑顔を受けて、客席の女性たちが頰を染めて騒いでいる。

閉鎖的な環境で育ったせいか人の美醜《びしゅう》に疎《うと》かった私だが、侯爵邸で生活するようになって多くの人と関わるようになり、センジャー家の皆様がとんでもなく人の視線を集める方々なのだということが理解できるようになった。

改めて目の前のアレン様のお顔をじっくりと見てみる。

真《ま》っ直《す》ぐ通った鼻筋に高い鼻先、ぱっちり大きいわけではないが垂れ気味なのが優しい印象を与える目元、そして見入ってしまうほど鮮やかな翡翠《ひすい》の瞳。

こんなに美しい人だもの、女性たちが騒ぐのも無理ないわ。

そんなことを考えていると、アレン様の目元がだんだん赤く染まっていく。

「クラリス……その……見つめすぎ、なんだが」

「ふぁっ!?　も、申し訳ありません……」

気づかないうちに結構な時間アレン様を見つめてしまっていたらしい。

……穴があったら入りたいほど恥ずかしいわ！

「……いや、女性たちからの視線は不快なものばかりだと思っていたが、クラリスからの視線は……何というか、うん。照れるな」

どことなく視線を泳がせて指で頬を掻《か》いているあたり、アレン様は本当に照れているのだろう。

そんな照れ顔すらも他の客席の女性たちからすれば鑑賞に値するものらしく、また押し殺したような歓声が上がる。

私はといえば、不躾《ぶしつけ》にアレン様を眺め回してしまった羞恥《しゅうち》のあまり顔を上げることができない。

あれほど反省したのに結局また上の空になってしまい、アレン様に勧められるままにバナナサンドを注文し、途中アレン様が注文したミックスサンドを一切れいただいてそれを食べた。

そして勧められるままにたくさんの持ち帰り用のフルーツサンドを購入してもらったことを思い出したのは、大量のお土産と共に帰宅した後のことだった。

義姉と間違えて求婚されました。

第五章　初めてのお友達ができました

「クラリス様、本日はお茶会にいらしてくれてありがとうございます！　是非もう一度お話しできたらと思っていたのです」

笑顔で私を出迎えてくれたのは、先日のエドナ侯爵夫人のサロンで知り合ったパトリシア・オルグレン伯爵令嬢。

今日は彼女が主催のお茶会に招待してくださったのだ。

私の二つ年上のオルグレン伯爵令嬢は大変な読書好きで、サロンでは好きな本の話で盛り上がった。

「こちらこそ、お招きいただきありがとうございます。私もオルグレン伯爵令嬢にまたお会いできて嬉《うれ》しいです」

挨拶《あいさつ》をしながらつい頬に熱が集まってしまい両手のひらで頬を隠すと、オルグレン伯爵令嬢はなぜかキラキラとした瞳で私を見つめている。

「クラリス様、私のことはどうかパトリシアとお呼びください。本日も花の精と見紛《みまが》うほど可《か》憐《れん》で美しいですわ！　さあ、こちらにいらして」

パトリシア様の案内について行くと、用意されていたテーブルには既にひとりの令嬢が着席していた。

「クラリス様、こちらは私のお友達です。リリー・ヨランダ子爵令嬢ですわ」

パトリシア様の紹介に合わせ、ヨランダ子爵令嬢は会釈《えしゃく》してくれる。

「初めまして、クラリス・シーヴェルトと申します。パトリシア様とは本の話で意気投合しまして、本日ご招待いただきました」

「初めまして。私もクラリス様とお呼びしても？　私のことはリリーとお呼びください。私も本を読むのが三度の食事よりも好きなのよ。仲良くしてくださいね」

初めてのお茶会に緊張していたが、二名の令嬢は大変温かく私を迎えてくれた。

二人の共通の趣味が読書ということで、たくさんの面白い本を紹介してもらった。

私も最近読んだ本の話をして、彼女たちも興味を持って色々尋ねてくれたのが嬉しかった。

「私、最近はもっぱら恋愛小説ばかり読んでいたのですけど、クラリス様のお話を聞いていたら歴史小説にも興味を惹《ひ》かれましたわ」

「それでは、よろしければお気に入りの本をお貸ししますわ。私も皆様のお気に入りの本を読んでみたいです」

「クラリス様のお勧めの本は外国の古書なんですよね？　よくそんなに貴重な本を手に入れられましたわね」

「少し前に、アレン様が穴場の古書店に連れて行ってくださったのです。普通の書店では見かけない本がたくさんありましたよ」

「まあ……アレン様に？」

私の話を聞いて、パトリシア様が頬を赤く染めてホゥ……と溜息《ためいき》をつく。

「セインジャー家のアレン様といえば夜会にはほとんどお出にならないし、お出になったとしても言い寄ってくる女性を素気《そっけ》なく遇《あし》らうと有名ですわよね？」

「え……そうなんですか？」

リリー様が語るアレン様の評判が、私の知るアレン様と全く違って驚いてしまう。

「ええ。名門セインジャー侯爵子息というご身分に近衛《このえ》騎士というお立場、それにあの麗《うるわ》しい見目に憧れる令嬢は多いですけれど、どんな綺麗《きれい》な女性に言い寄られても相手にされないそうです」

「それを言えば、嫡男《ちゃくなん》のディディエ様も同様ですわよね？　ディディエ様は夜会でお見かけしたことは何度もありますが、女性を伴っているお姿を見たことがありませんわ。常に周りにはお声掛けを望む女性が群がっておりますのにね」

フリージア様がよく「我が家の息子たちは女嫌い」と仰《おつしや》っていたが、そういうことかと初めて納得する。

「それにしてもフリージア様が仰った通り、クラリス様がセインジャー家の皆さまに可愛《かわい》がられているというのは本当なのですね？」

「可愛がられている……のかは分かりませんが、とても親切にしていただいています。今日こうやってお二人にお会いできたのも、フリージア様のお陰ですし」

私がセインジャー家の方々の顔を思い浮かべて微笑《ほほえ》むと、円卓の二人は微笑ましいものを見る目を私に向ける。

「……正直申しまして、クラリス様があの『春の妖精』の義妹であると伺って、初めはお話しするのに少し緊張いたしましたのよ。けれど、クラリス様はあのお方とは全く雰囲気が違いますのね」

リリー様がそう言うと、パトリシア様も頷《うなず》いて同意する。

「全くですわ。あの方は何というか……少し奔放でいらっしゃいますものね？　確かに美しい方ですけど、憧れる対象ではないといいますか」

「分かります。いつも男性に囲まれていますけれど、羨《うらや》ましいとは思いませんわ。でもクラリス様はお綺麗なのに慎ましやかで謙虚でいらして、本当に好感が持てます」

セインジャー邸でだいぶ免疫をつけたとはいえ、長く虐《しいた》げられてきた私はいまだに褒められることに慣れずに慌ててしまう。

「は、あの……ありがとうございます」

「はぁ～！　クラリス様、可愛らしいですわ！」

パトリシア様が悶絶《もんぜつ》しているのを、リリー様が背を撫《な》でて宥《なだ》めている。

「ごめんなさいね、クラリス様。パトリシア様は無類の『可愛《かわい》いもの好き』なの」

二人が楽しそうに笑うので、私も釣られて笑う。

フリージア様とお話しするのも楽しいけど、同年代の女性と話すのもとっても楽しいわ！


「ところで、クラリス様はアレン様とは恋人同士なのですか？」

少し落ち着いたところで、パトリシア様がびっくりするようなことを言い出す。

「こ、恋人!?　なぜそんな勘違いを……そんなことはあり得ません！」

驚いて手をブンブン振って否定すると、パトリシア様は思いの外真剣な眼差《まなざ》しで話を続ける。

「だってその翡翠《ひすい》のイヤリング。アレン様からのプレゼントではなくて？」

どうして分かったのかしら？

パトリシア様の観察眼に驚くばかりだ。

「え？　……ええ、これはアレン様からいただいたものです。私のお守りになるように、と」

「キャーッ、素敵！　クラリス様、それってアレン様のお気持ちは既に……」

「いけませんわ、パトリシア様！　私たちが口を挟むのは無粋《ぶすい》でしてよ」

パトリシア様が何か言おうとしたのを、リリー様が焦った表情で遮る。

ハッとした顔になったパトリシア様は「そうよね、無粋よね」と小声で言いながら、紅潮した頬をパタパタと扇で煽《あお》いでいる。

しばらくそうしていたパトリシア様だが、突然何かを思い出したような顔をして表情を曇らせる。

「そういえばクラリス様……先日のエドナ侯爵夫人のサロンに参加されていた、ロジータ・ラインホール侯爵令嬢を覚えていらっしゃる？」

パトリシア様にそう聞かれ、記憶を辿《たど》る。

確かあの日の参加者の中で、ドマーニ公爵令嬢の次に身分の高い令嬢ではなかったかしら？

くるくると縦に巻いた艶《つや》やかなブロンズの髪に、猫のように勝気なボルドーの瞳が印象的な令嬢だ。

私が覚えていると答えると、パトリシア様は声量を一段落として顔をこちらに寄せる。

「実はロジータ様は、以前からアレン様にご執心なの。クラリス様がアレン様に大切にされていると知ったらどんな行動に出られるのか分からないから、十分にお気をつけになってね」

パトリシア様の言葉に、リリー様も困り顔で頷《うなず》いている。

「ああ、ロジータ様ね……。彼女、ラインホール家はとっても裕福だから、何でも自分の思い通りになると思っていらっしゃるのよね」

「あの、彼女がアレン様を好きなことと、私は全く関係ないと思うのですが」

私がそう尋ねると、二人の動きがピタリと止まる。

「クラリス様、本気でそう仰《おつしや》るの？」

「ええ……私はアレン様の恋人でも何でもないので、ラインホール侯爵令嬢の好意には関係ありませんし」

「……クラリス様。あなた、少し恋愛のお勉強をされるとよろしいですわ！　恋愛とは、時に理屈ではままならないことで心を乱されるものなのです。人はそれを『嫉妬《しっと》』と呼ぶのですわ」

パトリシア様はそう言うと、侍女に命じて数冊の本を持って来させた。

「次回お会いする時までにこちらの本、お読みになってくださいましね！　少しはロジータ様のお気持ちが分かると思いますし、その……もしかしたら、アレン様のお気持ちも」

パトリシア様の言うことはよく理解できなかったが、本を勧めてもらったのは嬉《うれ》しいので素直に本をお借りして、その日はお開きとなった。

「初めてのお茶会はどうだった？　クラリス」

セインジャー侯爵邸に戻った私は、フリージア様に今日の出来事を報告している。

「ええ、とても楽しかったです！　パトリシア様たちとは良いお友達になれそうです」

嬉しくてニコニコしながら話していると、フリージア様もニコニコと嬉しそうに笑顔を返してくれる。

「良かったわ。私たち以外にもクラリスの味方になってくれる人がいるのは心強いもの。……それで？　手に持っているその本はなぁに？」

「これはパトリシア様がお勧めの本を貸してくださったのです。その……私に、『少し恋愛を勉強しなさい』と仰《おつしや》って」

「恋愛の？　どうしてそんな話になったの？」

興味深そうに尋ねるフリージア様に、私はお茶会で聞いたラインホール侯爵令嬢の話をした。

「ああ、ロジータ嬢ね……。確かに、ラインホール家からはアレン宛に釣り書きが何度も届いたわ。その度に断っているのだけれどね」

フリージア様もラインホール侯爵令嬢のことを知っているようだ。

「家格も合うし、婚姻すれば先方が所有する爵位をひとつ譲ってくださるそうだから、アレンにとっては悪い話ではないのだけど。……あの令嬢、アレンとは絶望的に合わないのよね～」

「合わないというのは、性格ですか？」

「ええ、性格もだし……ああいうのはアレンが一番嫌うタイプなのよ」

記憶にあるラインホール侯爵令嬢はすごく美人だったし、性格も明るく快活そうで、特に悪い印象はなかったのだけど。

「彼女、あのサロンの日にやたらと私に話しかけてきたでしょう？　それにわざとらしいぐらい私を褒めて持ち上げていた。アレンとの縁談を進めるために、私に気に入られようとしたのでしょうね。そういう腹黒いところが、アレンには合わないのよ」

自分の好きな人の家族に気に入られたいと思うのは当然のような気がするけど……それを

『腹黒い』と言うのだろうか？

「それでは、アレン様はどういう人がお好きなのですか？」

「アレンの好きな人？　それは……」

フリージア様は私の顔を見てしばらく考え込むと、面白いことを見つけたような顔をして口角を上げる。

「……そうねえ。最近分かったことなのだけど、あの子はどうも悪意がなくて世間に擦《す》れていないピュアな子が好きみたいだわ。それに優しくて、可愛《かわい》らしくて、人の裏を読めない天然さがあると尚良いわね」

「それは……さすがにそんな女性はいないのでは？」

私がそう返すと、フリージア様は思わずといった風に吹き出して声を立てて笑う。

「ふふっ、本当にそうよねぇ。そんな人に出会えると良いのだけど〜。プフッ」

フリージア様がなぜそんなに笑っているのか分からず、私は首を捻《ひね》る。

これは一刻も早くパトリシア様から借りた本を読んで、恋愛を勉強しなくてはいけないみたい。

「まあ、ロジータ嬢のことはこちらでも気をつけておくから、あまり気にしなくて良いわよ」

フリージア様がそう言ってくれたので、ラインホール侯爵令嬢の件は私の頭からすっかりと抜け落ちてしまった。

＊＊＊

初めてのお茶会から二か月ほど経《た》ったある日の午後、私はアレン様と王城を訪れていた。

なぜこうなったのかというと、どういうわけかアレン様が仕えている王太子殿下の妹君である、第一王女アナベル殿下が主催されるお茶会に招待されたからだ。

そしてなぜアレン様が一緒かというと、初めての王城で戸惑うだろうからと、普段から王城に来慣れているアレン様がエスコートを買って出てくれたからだ。

今回のお茶会は未婚の令嬢が招待されたものだが、そういったお茶会であっても会場まで参加者をその家族や婚約者がエスコートをするのはよくあることらしい。

王城の廊下をアレン様の肘《ひじ》に手を添えて歩いていると、すれ違う人たちがちらちらとこちらに視線を寄越しているのに気づく。

「ん？　クラリス、どうした？」

「いえ……ちらちら見られているなと思いまして」

もしかして、場違いだと思われているだろうか？

「ああ……それは多分クラリスが綺麗《きれい》だから、皆が見ているんだと思うよ」

「そんなわけは……」

そう言って、私は隣に立つアレン様を見上げる。

最近はほぼ毎日アレン様にお会いしているが、こうやって騎士服をかっちりと着込んでいるのを見るのは久しぶりかもしれない。

王城の高級感と相まって、アレン様の美しいお顔がより一層輝いているように感じる。

「……多分、皆さまはアレン様に見惚《みと》れていらっしゃるのだと思います」

「ふっ……それこそあり得ない。私は毎日ここで働いているんだよ？」

そう言ってアレン様は笑うけど、私が言ったことは間違っていないと思う。

だって今日のアレン様はいつも以上に素敵だもの。

お茶会の会場は庭園に用意されていて、アレン様は会場のすぐ側《そば》までエスコートしてくれた。

既に会場には何人もの令嬢が集まっていて、会場の入り口に私たちが現れると、令嬢たちがこちらを見てザワザワと騒ぎ出す。

「楽しんでおいで、クラリス。また終わる頃、迎えに来るから」

「ありがとうございます、頑張ってきます」

私がそう答えると、アレン様はおかしそうに笑って去って行った。

一人で会場に入ると、私はぐるりと会場を見回す。

会場となっている庭園ではたくさんの着飾った令嬢たちが、それぞれ庭園の美しい花々を眺めたり、親しい人と談笑したりして楽しんでいる。

会場を囲むように置かれたテーブルには飲み物や軽食、簡単につまめるデザートが並べられており、今日は立食形式のお茶会のようだ。

緊張で喉が渇いたため飲み物を探して歩いていると、後ろから声をかけられる。

「クラリス様、お久しぶりです！」

声をかけてくれたのは、パトリシア様だった。

お茶会以降、何度か手紙のやり取りはしたが、実際にお会いするのは二か月ぶりだ。

「パトリシア様！　お会いできて嬉《うれ》しいです。お変わりないですか？」

「ええ、おかげさまで。クラリス様は相変わらずお綺麗ですね」

「パトリシア様もお美しいです。今日お召しのドレスもとっても素敵！」

パトリシア様は細やかなトリミング装飾が施《ほどこ》されたピンクのドレスに、絹糸のチュールレースのショールを羽織っている。

「お気づきになりました？　このチュール、エドナ侯爵夫人のサロンでクラリス様が着ていらっしゃったものと同じレースですの。実はあれからサロンの参加者を中心にチュールレースが流行していて、ほら、会場にもチュールのドレスをお召しの方がちらほらと」

そう言われて見てみると、確かにチュールレースをワンポイントであしらったドレスを着ている人が目に入る。

「クラリス様は今や、流行の最先端ですわ！　今日のドレスもまた斬新なデザインですわね？」

私が着ているドレスはフリージア様がデザインを考案された新作で、光沢ある濃紺の絹のサテン生地に、銀糸で東方の国の伝統的な模様であるらしい『アラベスク模様』の刺繍《ししゅう》を施《ほどこ》した斬新なデザインである。

「流行の中心はフリージア様ですわ。あのお方のセンスは本当に素晴らしいのです。私などフリージア様が作られたドレスをただ着るだけの、ショーウィンドウに飾られているトルソーのようなものです」

「いいえ、そのドレスを着こなすクラリス様がいてこそ流行が生み出されるのですよ！　フリージア様もそれを分かっていらっしゃるのですわ」

私たちが話に夢中になっていると、急に周囲がざわつき出す。

「あ！　アナベル王女殿下がいらっしゃいましたわ」

パトリシア様の視線の先を追うと、庭園の奥からたくさんの護衛や日傘を持った侍女を引き連れた、一際輝く白金の髪にアイスブルーの瞳が美しい女性が淑《しと》やかに歩いてくるのが見える。

「皆さん、ようこそお出《い》でくださいました。本日は自由に楽しんでいってくださいましね」

鈴が転がるような可愛《かわい》らしい声のアナベル王女殿下は、私の一つ年下の十六歳なのだという。

王族らしい恐ろしく整った美貌《びぼう》もさることながら、お召しのドレスも希少な宝石がふんだんに使われている最高級のもので、明るい陽光の下でまさに小さな太陽のように光り輝いている。

アナベル殿下のお出ましに合わせ、参加者の令嬢が次々に挨拶《あいさつ》のために周囲に集まる。

「私たちも行きましょう」

パトリシア様に誘われ、連れ立ってアナベル殿下のもとへ向かう。

本来ならば王族の方に直接お目通りして挨拶するなんて畏《おそ》れ多い立場だけれど、招かれたのにご挨拶しないのは不敬に当たる。

たくさんの参加者の一人一人から挨拶を受けるアナベル殿下は大変でしょうけど。

「王国の輝く真珠星であらせられるアナベル王女殿下に、パトリシア・オルグレンがご挨拶申し上げます」

先にパトリシア様が美しい淑女礼《カーテシー》でアナベル殿下に挨拶をする。

「パトリシア嬢、今日はよく来てくれましたね。またお勧めの本を教えてちょうだいね」

「はい！　もちろんでございます」

アナベル殿下は挨拶を終えた一人一人にそうやって声をかけている。

声をかけられたパトリシア様は感激で頬を上気させている。

パトリシア様は無類の可愛いもの好きだから、今頃は脳内で悶絶《もんぜつ》していることだろう。

お話が終わったのを見計らい、続けて私も淑女礼《カーテシー》を取って挨拶をする。

「王国の金緑石に永遠の輝きを。クラリス・シーヴェルトがご挨拶《あいさつ》申し上げます」

アナベル殿下の美しいアイスブルーの瞳がこちらに向き、大きく見開かれる。

「まあ、あなたがクラリス嬢ね？　セインジャー家秘蔵の宝石に是非お会いしたくて、今日はご招待したのよ。また後ほどゆっくりお話ししましょうね」

「は、はい。光栄でございます……」

アナベル殿下の笑顔があまりに眩《まぶ》しくてドギマギしてしまったけど、不自然に見えなかったかしら……？

先ほどのお言葉はおそらく初参加だった私へのリップサービスだろうと思っていたのだが、令嬢たちの挨拶が一通り終わると、アナベル殿下は宣言通り私たちのもとへやってきた。

「クラリス嬢のドレス、あなたに似合っているし、とても素敵だわ」

「このドレスはフリージア様がデザインしてくださったのです。この刺繍《ししゅう》の柄は『アラベスク模様』と言って東方の国の伝統的な模様だそうです」

「植物の柄のようにも見えるけれど……とても気品が感じられる不思議な模様ね。ふふっ、きっとこの柄も流行間違いなしね」

アナベル殿下と会話をしているうちに、私たちの周りにはいつの間にかたくさんの令嬢が集まり、あわよくば会話に混ざろうと様子を窺《うかが》っている。

「フリージア様の博識さには本当に敬服いたします。私も遅ればせながらパトリシア様と一緒にたくさん本を読んで、精進しているところです」

そう言ってパトリシア様を見ると、にこりと笑顔を返してくれる。

「パトリシア嬢は本をよく読むものね。私も以前のお茶会で本を紹介してもらってから、そのシリーズに嵌《は》ってしまったことがあるの。侍従に頼んで、急いで全巻取り寄せてもらったのよ」

朗《ほが》らかに微笑《ほほえ》むアナベル殿下は眩しいぐらいに美しく、私はしみじみと眼福を噛《か》み締める。

「はぁ……尊い……」

隣からパトリシア様が呟《つぶや》く声が聞こえてきた。おそらく彼女も悶絶中《もんぜつちゅう》だろう。

その後、私とパトリシア様はいくつかの本をお勧めして、アナベル殿下は他の方と話す時間を持つためにその場を離れて行った。

「ああ、緊張しましたわね！　まさか、いの一番にこちらに来られるなんて」

「私が初参加だったので気を遣っていただいたのでしょうか……ありがたいことです」

緊張感から解き放たれ、パトリシア様と二人で軽食やデザートを食べながら話をしていると、色んな令嬢から声を掛けられた。

どうやら令嬢たちは私に聞きたいことがあったらしく、囲まれて質問攻めにあった。

尋ねられた内容は三割がドレスについて、残りの七割はアレン様についてだった。

「会場までエスコートしてくれたアレン様とはどういう関係なの？」とか、「アレン様とは仲が良いの？」とか、「普段のアレン様はどんな方なの？」とか。

私がアレン様について話して聞かせると、どの令嬢たちも瞳を潤ませて頬を赤らめてうっとりしている。

アレン様は令嬢にモテモテみたい。

……少し胸がモヤっとしたように感じるのは、なぜなのかしら。


私たちが会話を楽しんでいるうちにいつの間にかアナベル殿下は退出されていて、お茶会がお開きとなった。

会場にいた令嬢たちが帰り始め、私もそろそろ帰ろうかと出入り口の方に目を向けると、一人の令嬢がこちらに近づいてくるのが目に入る。

「クラリスさん、久しぶりね」

私よりも長身の令嬢から見下ろされるように見据えられ、居丈高《いたけだか》に声をかけられる。

「お久しぶりでございます、ラインホール侯爵令嬢」

私は頭を下げて挨拶《あいさつ》をする。

この縦巻きのブロンズ髪とボルドーの瞳は間違いない、ロジータ・ラインホール侯爵令嬢だわ。彼女も今日のお茶会に招待されていたのね。

頭を上げると、ラインホール侯爵令嬢は視線を上から下に動かして私を値踏みするように見ている。

私の隣に立っているパトリシア様は、おろおろと私たちの顔を交互に見ている。

「ねえ、あなた勘違いしないようにね」

いきなり何を言われたのか理解できず、私は首を傾《かし》げる。

「……本来なら、あなたは王宮になんか入れる身分じゃないのよ？　フリージア様の庇護《ひご》のおかげで来れているだけだから。勘違いしないように」

ああ、なるほど。

ラインホール侯爵令嬢は私が調子に乗らないよう釘《くぎ》を刺してくれているのね。

「はい、心得ております。このようなお茶会に参加できるのもおそらく今日が最後でしょう。一生の思い出になりましたわ」

私はもうすぐ平民になるのだから、そんなに心配しなくて大丈夫ですよ。

その気持ちを込めてにこりと微笑《ほほえ》むと、なぜかラインホール侯爵令嬢は不快そうに眉根を寄せた。

「……本当に自分の立場を分かっているのかしら？　言っておきますけど、私とアレン様の婚約がもうすぐ整いそうなの。あなたが入ってくる隙間《すきま》はないのだから、きちんと弁《わき》まえなさい」

ラインホール侯爵令嬢とアレン様が婚約？

フリージア様の口ぶりではそんな感じではなかったけど、あのあと話がまとまったのかしら？

ラインホール侯爵令嬢は女性の中では背が高くてスラリとされていて、長身のアレン様と並んだらお似合いだろうな。

そう考えると、胸にちくりと痛みが走る。

「……?」

原因不明の胸の痛みに首を傾《かし》げていると、ラインホール侯爵令嬢が少し苛立《いらだ》ったように声を荒らげる。

「人の話を聞いてるの？　アレン様はお優しいから、可哀想《かわいそう》なあなたのことを憐《あわ》れんで親切にしているだけなの。それは決して好意などではないわ！」

私はまだ思考の海に沈んでいて、ラインホール侯爵令嬢の声が届かない。

そういえばパトリシア様に借りた本に、これと似た記述があった。

――エリアナはダグラスの想い人であるミラを前にして敵意を漲《みなぎ》らせた。

「ダグラスはミラのことなんかちっとも愛していないわ！　彼が愛しているのは私なの！　私たち、もうすぐ結婚するのよ！」

エリアナの言葉に、ミラは動揺する。

そしてエリアナとダグラスが微笑《ほほえ》みながら並んで歩く姿を想像して、胸が張り裂けんばかりに痛んだ――

そう、この感情の名前は…………

「ちょっと！　人を馬鹿にするのもいい加減にしなさい！」

突然手首を摑《つか》まれ、意識が思考の海から引き戻される。

目の前には激昂《げきこう》して眉を吊《つ》り上げたラインホール侯爵令嬢がいて、私の手首を強く摑んでいる。

「ロ、ロジータ様、少し落ち着かれては……？」

隣に立っていたパトリシア様が慌てて仲裁に入る。

「あ……申し訳ございません。少し考え事をしておりました……」

「ふざけないで！　この私が目の前で話しているのに考え事をするなんて、信じられない！　フリージア様も一体どうしてこんなぼんやりした子を構うのかしら。私がアレン様と婚約をしたら、あなたなんかすぐに屋敷から追い出してやるんだから！」

ラインホール侯爵令嬢が叫びに近い大声を上げた瞬間。

「そこまでです」

聞き慣れた、深く優しい声が響く。

それと同時に肩を後ろに引かれ、背中が何か硬いものにぶつかる。

驚いて後ろを見上げると、優しく細められた翡翠《ひすい》の瞳と視線が合う。

「なかなか会場から出てこないから心配して様子を見にきたんだが……大丈夫か？　クラリス」

「……アレン様」

そう言われて周りを見回すと、会場に残っていたのは私とパトリシア様、ラインホール侯爵令嬢と私たちを遠巻きに見ている数人だけだった。

私が考えに耽《ふけ》っている間に、結構な時間が経《た》っていたらしい。

「アレン様……あの……」

ラインホール侯爵令嬢は先ほどまで怒りに目を吊《つ》り上がらせていたとは思えないほど動揺し、頬を赤らめてモジモジと体を揺らしている。

「あなたはラインホール侯爵令嬢ですね。うちのクラリスとのお話はもう終わりましたか？」

アレン様は私の肩をギュッと摑《つか》んだまま、紳士的ではあるがどこか険のある口調と声色でラインホール侯爵令嬢に尋ねる。

「あ……いえ、大したお話ではありませんでしたので……ほほほ」

「それでは、もうクラリスを連れて帰ってもよろしいでしょうか？」

「連れて帰る……あぁ……はい」

ラインホール侯爵令嬢は何か言いたそうにしているが、アレン様が放つ圧が凄《すご》すぎて言葉を出せないでいるようだ。

「ラインホール侯爵令嬢。あの、せっかくお話ししてくださいましたのに上の空で返事もせず、無礼を働き大変申し訳ありませんでした」

私が頭を下げると、一瞬にしてラインホール侯爵令嬢のボルドーの瞳に怒りが籠《こも》る。

「……本当に無礼ですわよ！　アレン様もこんな無礼な方と行動を共にしていては……」

「ラインホール侯爵令嬢」

話を遮るように、アレン様が少し低い声で声をかける。

「私たちは失礼します。……ああ、そうだ。私とラインホール侯爵令嬢が婚約することはあり得ませんので、ここではっきりお伝えさせていただきます。というより、侯爵家の方には何度もお断りの返事をしているのですが、お父上からは何も聞かれていないのですか？」

アレン様がそう指摘すると、ラインホール侯爵令嬢は顔を真っ赤にして俯《うつむ》いた。

「それから、クラリスをセインジャー邸に置くと決めたのは父であるセインジャー侯爵です。当主の決定を、部外者にとやかく言われる筋合いはありませんので。それでは今度こそ、失礼します」

アレン様はそう言って、私の肩を抱いたまま出口に向かって歩き出した。

「あ、あの……私も失礼します」

パトリシア様も小声で挨拶《あいさつ》をすると、私たちの後ろについて足早に会場を出た。

「パトリシア様、すみません。何だか面倒事に巻き込んでしまって」

会場を出てしばらく歩いたあと、立ち止まって私はパトリシア様に頭を下げる。

「とんでもありません！　私、はしたないですが少し興奮してしまいました……まるで恋愛小説の世界に入り込んだみたいで」

なぜかパトリシア様は頬を染めて興奮気味に答える。

「クラリスが謝ることはない。ラインホール侯爵令嬢は以前から私に婚約の申し込みをしてきていたんだが、何度断ってもまた申し込んでくるし、時には王城に押し掛けてきて業務の邪魔をすることもあってうんざりしていたんだ。言い寄ってくる度にはっきりと拒絶していたのに、あんな妄言《ぼうげん》を吐くとは予想外だった。クラリスにもオルグレン伯爵令嬢にも迷惑をかけたな」

アレン様に謝られ、パトリシア様はますます舞い上がってぶつぶつと独り言を呟《つぶや》いている。

「アレン様が私を認識してくださっていたなんて……それに、クラリス様のことは既に呼び捨てなのね……なんて尊いの！」

興奮して妄想の世界に旅立ってしまったパトリシア様をぼうっと見つめていると、大きくて硬い手のひらが健康になって艶《つや》を取り戻した私の髪をそっと撫《な》でる。

「アレン様……？」

「クラリス。ラインホール侯爵令嬢が言っていたことは気にするな。君のことだから、彼女から言われたことは本当のことだと思っているだろ？」

そう指摘され、私はうっと言葉に詰まる。図星を突かれたからだ。

アレン様が言った通り、ラインホール侯爵令嬢が言っていたことは、アレン様との婚約以外は概《おおむ》ね真実だ。

私は一時の温情でセインジャー邸に置いてもらっているだけなのだから、それに甘えて縋《すが》ってはいけない。

与えられたものは自分のものではないと、この繋《つな》がりは永遠でないと、きちんと弁《わきま》えなければならない。

いつか離れた時に、一人でしっかりと生きていけるように――

「クラリス」

聞いているだけで安心感を与えてくれる声が、思考の海に沈んでいた私を引っ張り上げる。

「いいか？　少なくとも私は君が可哀想《かわいそう》だから共にいるのではないよ。私は自分で望んで君の隣に立っているし、これからも立ち続けたいと思っている。それを忘れないでくれ」

アレン様の瞳があまりに優しくて胸がいっぱいになっていると、パトリシア様から「うぐうっ」とくぐもった声が漏れ聞こえてくる。

「あぁぁアレン様、それは反則です！　そんなの、ほとんどプロポーズではないですかぁ……!!」

パトリシア様は相変わらず何かをぶつぶつと呟《つぶや》いているが、その内容ははっきりとは聞こえない。

「クラリス……君の友人はなかなか個性的だな」

「はい、とても楽しい友人です。……パトリシア様、そろそろ帰りませんか？」

帰りの時間は大丈夫かと気になって声をかけると、パトリシア様はハッと我に返って私を見る。

「クラリス様！　私、今なら良い物語が書けそうな気がするのです。早く帰ってこの思いの丈を紙とペンにぶつけなくては！」

そう言って、パトリシア様は嵐のように去って行った。

残された私たちはそのまま馬車に乗って王城を後にしたのだけど、馬車の中で私はなぜだか対面に座ったアレン様の目を見られなくなってしまい、侯爵邸に着くまでひたすら車窓を眺めていた。

＊＊＊

「今日もオスカー様はいらっしゃらないの!?　一体どうなってるのよ！」

イベリンがベッドの上の枕を引っ掻《か》き回したせいで、羽毛が部屋中に舞っている。

イベリン付きの侍女二人はその様子を表情ひとつ変えずにまるで置物のように部屋の隅に立ってじっと見ている。

ガルドビルド公爵邸に正式な婚約者として招かれて約半年。

イベリンが毎日のように面会を要求しているにも拘《かか》わらず、夫となるオスカーとは初日以降一度も顔を合わせていない。

公爵邸に来た翌日から、イベリンには家庭教師がつけられて朝から晩まで教育プログラムがみっちり組まれた。

『春の妖精』などと呼ばれ社交界の華を自負していたイベリンは自分には教育など必要ないと思っていたので、教師は我儘《わがまま》を言ってほとんど追い出した。

現在は家令のダビデが選んだ幼児教育専門の教師が付いているのだが、その教師は何をしても褒めてくれるのでイベリンは気に入っている。

しかし、イベリンには不満があった。

公爵邸の使用人たちがイベリンに傅《かしず》かないことだ。

イベリンは使用人は全て平民だと思っているが、公爵邸の使用人ともなれば、ほとんどが貴族家出身で身元がしっかりしている者ばかりである。

下手をすると、イベリンより身分の高い家門の出の者もいる。

例えば、家令のダビデは伯爵家の出身だ。

そんな使用人たちが高位貴族に相応《ふさわ》しいマナーも身に付いていないイベリンを見て、敬意を払えという方が無理な話である。

だから、必要最低限の世話はするし決して不敬な真似《まね》はしないが、使用人たちがイベリンを見る目はどこか冷ややかであった。

しかし、その使用人の冷ややかな視線は、人に傅かれ、羨《うらや》ましがられ、チヤホヤされることを望むイベリンの神経を苛立《いらだ》たせるのに十分なものであった。

「ああ、腹が立つ！　オスカー様に言って、あんたたちなんか皆《み》んなクビにしてやるんだから！」

どれだけ怒りをぶつけても、置き物のような侍女たちは何の感情も返してこない。

それからしばらくの間、イベリンの部屋からは物を投げつけて壊したり引き倒したりするけたたましい音が響いた。

イベリンの癇癪《かんしゃく》が繰り返されるたびに部屋の中のものは減っていき、ついにテーブルと椅子、ベッドだけになった。

そこでイベリンはストレス発散のために今まさに枕を引きちぎっているわけである。

枕の中の羽毛を全部出し終わると、イベリンはハァハァと肩で息をする。

髪は乱れ、泣き叫んだために化粧も乱れている。

侍女たちはやはり置物のように壁際にじっと立ったまま動く気配がない。

「つまらない。外に出るわ」

イベリンはチッと舌を鳴らし、さっと髪を手櫛《てぐし》で整えた。

気分転換のために外に出ようと玄関へ向かうと、ちょうど玄関付近で人の話し声がする。

そこに立っていたのは、家令のダビデと公爵家の護衛騎士であった。

「……今日はオスカー様はこちらへはお戻りにならない。いつものように執務室へ着替えを届けてくれ」

「かしこまりました」

どうやらダビデは護衛騎士にオスカー宛の荷物を届けるよう指示を出しているらしい。

これはオスカーに会えるチャンスだとイベリンは閃《ひらめ》いた。

「それ、オスカー様に届けるのよね？　私が行くわ」

突然背後から声をかけられ驚いたダビデが振り返ると、先ほどまで部屋で暴れていたために髪も化粧も乱れたイベリンが立っている。

ダビデは思わず顔を顰《しか》めたが、すぐに気を取り直した。

「……分かりました。それでは、この護衛騎士を連れて行ってください」

ダビデは護衛騎士の帯同を条件に登城を許可した。

イベリンは二つ返事で是と答えた。オスカーに会えるのならば何でもいい。

自分が今どんな格好をしているのか全く気にしないまま、イベリンは護衛騎士と共に嬉々《きき》として馬車に乗り込んだ。

それを見届けると、ダビデは深い溜息《ためいき》をついた。

ダビデとて、ここ半年はオスカーとあまり話す時間を取れていない。

それほどに今オスカーの仕事は激務を極めている。

それにオスカーが公爵邸を不在にする間、公爵家の執務を代行しているのはダビデであり、彼もあまり自由に時間を使えないほど忙しい身である。

（本当はイベリン嬢に関する諸々《もろもろ》のことをご相談したいのだが）

自分が報告できないのであれば、直接あの惨状を見てもらう方が早いのかもしれない。

王城に向かって遠ざかる馬車を見ながら、ダビデはもうひとつ溜息をついた。


イベリンと護衛騎士を乗せた馬車はあっという間に王城へ着く。

もともと公爵邸が王城の近くに建てられているし、公爵家の家紋がついた馬車ならば正門で面倒な手続きをせずフリーパスで通してもらえる。

馬車から降りたイベリンは、得意満面で護衛騎士を引き連れ、王城内を練り歩く。

すれ違う人が皆イベリンを見て驚いた顔をするが、イベリンは気にしなかった。

（みんな『春の妖精』が王城にいるから驚いて見惚《みと》れているのね）

実際はイベリンの乱れた身なりに驚いていただけなのだが。

手続きに慣れている護衛騎士が代行してオスカーに面会要請をし、一時間ほど待って許可される。

もちろんイベリンは待たされる間イライラを抑えられず、親指の爪を噛《か》んでいた。

『待たされること』はイベリンが最も嫌うことの一つである。

そのうちに迎えにきた城の文官に案内され、来客用の応接間に通される。

この扉を開ければ、実に半年ぶりの婚約者との感動の再会である。

「オスカー様っ！」

扉が開かれた瞬間、イベリンはオスカーの名前を大声で呼んで室内に飛び込む。

あまりに不躾《ぶしつけ》な登場に、ソファに脚を組んで泰然と座っていたオスカーの眉間に皺《しわ》が寄る。

「……イベリン嬢。今日はどうしてここに？」

予想外に冷たいオスカーの反応と言葉にイベリンはムッとしたが、最大限甘えるような口調と仕草でオスカーに近付き、体を密着させるようにして隣に腰を下ろす。

「オスカー様が全然お会いしてくれないからですよぉっ。もう、私寂しかったのですからぁ」

プクッと頬を膨《ふく》らませ、オスカーの肩に触れる。

イベリンは数多《あまた》の経験で、男がこの仕草を好むことを知っている。

あっという間にオスカーの仏頂面《ぶっちょうづら》も蜂蜜が滴《したた》るような甘い顔に変わるだろう、そう思ったのだが。

「なぜ会う必要が？　何か急用があるのか？」

オスカーは何人も悩殺してきたイベリンの必殺ボディタッチにまったく靡《なび》くことなく、事務的に返答する。

そのオスカーの言葉に、イベリンは目を剝《む》く。

（はぁ？　愛する婚約者に会うのに、用なんて必要ないでしょ）

オスカーを怒鳴りつけそうになるのを何とか堪《こら》え、男が好む庇護欲《ひごよく》をそそる女性を演じるために身を捩《よじ》らせる。

「そうです！　お話ししたいことがいっぱいあるのですからっ」

気を取り直して甘えた声でそう言うと、オスカーは胸元から懐中時計を取り出し蓋《ふた》を開け、時間を確認してから蓋をパチッと閉める。

「……ふむ。分かった。十五分ほどなら時間が取れるから少し話そうか」

（一時間も待ったのに、十五分しか時間が取れないってどういうこと？）

イベリンは釈然としない気持ちを抱えながらも、とりあえず文句の言葉を呑《の》み込んだ。

「それで、話とは？」

いきなり本題を切り出され、イベリンは戸惑う。

せっかく愛《いと》しい婚約者に会えたのだから、もっと甘い雰囲気になると思っていたのに、あまりに事務的だ。

「あ……えっと。その」

イベリンが言い淀《よど》んでいると、オスカーはチラッと手持ちの懐中時計を確認する。

（十五分しか時間が取れないんだったわね）

このままだと言いたいことも言えずにタイムオーバーになってしまう。

イベリンは慌てて口を開いた。

「オスカー様。私、オスカー様から婚約者らしいことをしていただいていませんわ」

「……公爵邸に部屋を与えて、相応の公爵夫人になるための教師もつけている。他にどんなことをしろと？」

「えっと……花束をくださるとか、宝石をくださるとか？」

イベリンの図々しさも大概だが、オスカーの唐変木《とうへんぼく》ぶりも大概だ。

この気の利かなさが、今までオスカーを結婚から遠ざけていた原因なのだが。

「花束と宝石が欲しいのか？　……後日商人を呼ぶから買うといい。他には？」

「あと、ドレスも！」

「……好きにしろ」

オスカーが再び懐中時計を見たため、イベリンは言いたいことを早く言わないといけないと焦った。

「あと、使用人たちを解雇してください」

「……なぜ？」

「オスカー様の婚約者である私を妬《ねた》んで嫌がらせをしてくるのですぅ」

イベリンは何人もの男を籠絡《ろうらく》した得意技、ウルウルと目を潤ませる。

しかしオスカーはそれを見ても眉根を寄せたまま、難しい顔をしている。

実際のところ、家令のダビデからは毎日イベリンについての報告書を受け取っているが、ざっと見る限り使用人に不備はないはずだ。

「……公爵邸の使用人にそのような愚か者はいない。その要求は受け入れられない」

イベリンはまさか自分の意見が通らないと思っていなかったので、大変驚いた。

オスカーは自分にベタ惚《ぼ》れなので、何でも言うことを聞くはずだと考えていたからだ。

大層苛《いら》ついたが、イベリンはすぐにその苛つきを抑える妙案を思い付く。

「……でしたら、クラリスを呼び寄せてください！　私、公爵邸で知り合いもおらず、一人きりで寂しいのです」

クラリスさえ手元に置けば、いつでも癇癪《かんしゃく》をぶつけて鎮《しず》めることができる。イベリンにとっては精神安定剤のようなものだ。

イベリンが寂しげな表情をしてみせると、オスカーは腕を組んで逡巡《しゅんじゅん》する。

「クラリス嬢か。まあ、彼女が望むのなら雇うのも吝《やぶさ》かではないが」

オスカーの返答に、イベリンの頭は瞬間的に沸騰《ふっとう》した。

――クラリスの意思なんてどうでも良いじゃない！

そうイベリンが叫ぼうとした時、オスカーが「そうだ」と声を出した。

「来月、王太子殿下の誕生日を祝う夜会があるのだが、それに共に参加してもらう。色々準備もあるだろうから、そのつもりで行動するように」

オスカーにそう言われ、イベリンの苛々《いらいら》は瞬時に霧散した。

イベリンはたくさんの男性からダンスを申し込まれ、チヤホヤされる夜会が大好きなのだ。

それに、ただの子爵令嬢であった時に王宮の夜会に招待されたことは一度もなかった。

初の王宮パーティーへの誘いに、胸が高鳴った。

「まあ、婚約者としての初お披露目《ひろめ》ですわね！　嬉《うれ》しいです」

既にイベリンの気分は夜会の主役である。

「……私は今仕事が立て込んでいてね。君と会う時間が取れないのは申し訳なく思っている。次に会うのは夜会の時になるだろうが、何か言いたいことがあれば手紙でも書いてくれ」

オスカーは懐中時計を見遣《みや》って、ソファから腰を上げる。

どうやら十五分経《た》ったらしい。

オスカーはイベリンを応接室に残したまま執務室への扉まで歩いて行くと、扉を開ける前におもむろに振り向く。

「イベリン嬢。君は少し身なりを気にした方が良いのではないか？　……では、気をつけて帰りなさい」

そう言ってオスカーは執務室へと帰って行った。

イベリンはオスカーに言われたことがすぐに理解できず、ソファに座ったまま憮然《ぶぜん》としていた。

ふと応接室の一角に立てかけてある姿見に視線を移すと、そこには髪はボサボサ、化粧はヨレヨレの小汚い令嬢が映っていた。

イベリンは口をパクパク動かしながら扉の横に立って待機している護衛騎士に目を遣ると、護衛騎士は気まずそうに視線を下げて俯《うつむ》く。

「きゃぁぁぁぁぁ！」

次の瞬間、イベリンの悲痛な叫び声が応接室に響き渡った。

＊＊＊

一、二、三、一、二、三……。
背筋を伸ばし腕をダンスのポジションに置いて、手拍子に合わせてクルクル踊る。

「良いわね。上手よ、クラリス」

フリージア様がパンパンと手を叩《たた》きながら満足そうに拍手をする。

私は脇のテーブルに移動し、水の入ったグラスを手に取り喉を潤す。

ちょうどそのタイミングで練習室の扉が開く。

「アレン、いいところに来たわ」

扉から顔を出したのはアレン様だ。

今日はダンスレッスンの仕上げとして、アレン様にパートナーをお願いして踊る約束をしている。

「アレン様、お帰りなさいませ」

「ああ、ただいま」

アレン様が近づいてきて、私の首筋に流れた汗をハンカチで拭ってくれる。

「あっ……すみません」

首元に触れられたのが恥ずかしくて声が上ずったが、なぜかアレン様も目元を赤くしていた。

「私がピアノを弾くから、あなたたちはワルツを踊って?」

フリージア様はピアノに座り、滑らかにワルツを奏で出す。

アレン様はしばらく首に手を置いて照れていたが、意を決したように私の目の前に手を差し出す。

「……クラリス。私と踊ってくれるか?」

「はい、喜んで」

差し出された手にそっと手を重ねると、練習室の中央に歩み出て抱き寄せるように体を寄せられる。

体が近づくと、アレン様との身長差がよく分かる。

アレン様の顔を見上げながら、頭ひとつ分の身長差だなぁなどと考えていると、アレン様の翡翠色《ひすいいろ》の瞳と視線が合う。

「クラリス。……見つめすぎだ」

アレン様が目元を赤くするので、私も思わず目を逸《そ》らす。

胸がドキドキと高鳴ってうるさい。

「……すみません」

それからは二人とも無言でステップを踏む。

ダンスが苦手と言っていたが、アレン様のリードはとても踊りやすい。

足を踏んでしまうかもと心配していたが、さすが騎士だけあってアレン様は避けるのが上手《うま》いみたいだ。

……それよりも。

このうるさい心臓の音がアレン様に聞かれていないだろうかとか、握った手や腰に回したアレン様の手の温かさだとかが異様に気になってしまう。

ふとアレン様の顔に視線を移すと、アレン様は真《ま》っ直《す》ぐに私を見下ろしていた。

その鮮やかな翡翠《ひすい》の瞳に吸い込まれるように視線を搦《から》め捕られ、目が離せない。

不意に腰に回された手に力が入り、体がもう少しだけアレン様の方に引き寄せられる。

私たちは見つめ合ったまま、しばらくの間踊り続けた。

そのうちにピアノが鳴りやみ、私たちは向かい合って礼をする。

パチパチと手を鳴らしながらフリージア様がこちらに歩いてくる。

「なかなか様になっていたじゃない。アレンも案外やるわね～」

フリージア様の軽口に、アレン様はすごく嫌そうな顔をする。

「これなら来月の夜会は大丈夫そうね？　ああ、そうだわ！　さっそく夜会用のドレスを誂《あつら》えないと」

そう言ってフリージア様は慌ただしく練習室を出て行った。

私はアレン様に向かって尋ねる。

「夜会とは何のことですか？」

「ん？　ああ。来月、王太子殿下の誕生日祝賀パーティーがあるんだ。母上はクラリスをそこで夜会デビューさせるつもりなんだと思うよ」

「私が王宮夜会ですか!?　そんな……場違いではないかしら」

王宮夜会など子爵令嬢ではなかなか招待されないような場所なのに、もうすぐ平民になる予定の私を夜会に連れて行きなどすれば、フリージア様が恥をかいてしまうのではないか？

あれこれ思案している私をじっと見つめていたアレン様が、おもむろに口を開く。

「クラリス。……その夜会なんだが、良ければ私にエスコートさせてくれないか？」

「エスコートですか？」

「ああ。私のパートナーとして参加してほしい」

「……私などをパートナーにしてはアレン様が笑われてしまいます」

「そんなことはないよ。君は背筋を伸ばして、堂々としていれば良いんだ」

おそらくそれは私にとってのデビュタント、そして貴族として参加する、最後の夜会。

アレン様と一緒に踊れたら……最後の思い出として素敵だと思うけど、アレン様にとってはどうなのかしら？

私が迷っていると、アレン様が私の鼻をキュッと摘《つま》む。

「何だ？　私がパートナーでは不満？」

「え！　いいえ、光栄です！」

咄嗟《とっさ》にそう答えてしまったけど……。

鼻を摘まれていたから、返事が鼻声になってしまってアレン様がクスクス笑っている。

「よし。じゃあ、決まりだ。もし母上や兄上から何か言われても、私のパートナーになったと言って断ってくれよ？」

「わ、分かりました」

何だか流れでアレン様のパートナーを引き受けることになったけれど、良いのかしら……。

「クラリス。来月、王宮で王太子殿下の誕生日祝賀の夜会があるのだけど、そこであなたを社交デビューさせようと思うわ」

ダンスレッスンのあと、いつものように温室でお茶を飲みながら、フリージア様がそう話を切り出す。

「社交デビュー……」

この国では、女性は通常十六歳になったら社交デビュー（いわゆるデビュタント）を行う。

私が普通の貴族令嬢であれば、一昨年デビュタントを済ませているはずだった。

思い出すのは四年前、煌《きら》びやかに着飾って嬉《うれ》しそうにデビュタントに出かけて行った義姉の姿だ。

「華々しいデビューにしなきゃね。だから、あなたのエスコートはディディエに頼もうと思うんだけど、どうかしら？」

「あっ……それが……アレン様がエスコートを申し出てくださいまして。それをお受けしたんです」

「まあっ、アレンが？」

フリージア様は非常に驚いたというようにアレン様と同じ翡翠《ひすい》の瞳を丸くしている。

「あの様子なら自分から誘うのは一生無理そうだと思ったんだけどね〜。あの子もやるときはやるのねぇ」

うんうんと頷《うなず》きながら、フリージア様は愉《たの》しそうにお茶を口に運んでいる。

「アレンだと少し権威が足りない気もするけど……ま、良いでしょ。良い機会だから衣装はアレンと揃《そろ》いで仕立てましょうか！」

「そ、揃いの衣装ですか？　それはアレン様がさすがに嫌がるのでは？」

「あら、そんなことないと思うわ。少なくとも、夜会の日になれば『揃いにして良かった』と思うはずだから」

フリージア様お得意の含みのある言い方で煙《けむ》に巻かれる。

あれからパトリシア様から手紙で教えてもらった本をいくつか読んだけれど、フリージア様の言葉の裏に隠された本当の意味を読み取ることは、まだまだ私には難しい。

ただ、揃いの衣装を着てアレン様の隣に立つ自分を想像すると、気恥ずかしくもあり、だけどどこか嬉しい気持ちになるのであった。

第六章　デビュタントの日を迎えました

そして時間は過ぎ、あっという間に王宮夜会の当日が来る。

今日は私のデビュタントになるので、フリージア様が特別な白のドレスを誂《あつら》えてくれた。

デビュタントには白いドレスを着るのが通例なのだそうだが、フリージア様が用意してくれたドレスは光沢あるシルクオーガンジーで作られており、光の当たりようによっては七色に煌《きら》めく幻想的な逸品だ。

オーガンジーの裾部分には銀糸でアラベスク模様の刺繍《ししゅう》が施《ほどこ》されており、これもまた先日の第一王女殿下主催のお茶会にて発表して以来、王都で流行しているらしい。

それから、アレン様から贈られた彼の瞳の色と同じ翡翠《ひすい》のアクセサリーを身につける。

パトリシア様の勧めでたくさんの恋愛小説を読んだので、夜会でパートナーの瞳の色の装飾品を身につけるのは、二人の仲の良さをアピールするという意味合いがあるということは知っている。

でも、私たちは婚約をしているわけでもないし、恋人でもない。

アレン様は私が彼の瞳の色のものを身につけることを、一体どう思っているのだろう？

支度を終えて玄関に向かうと、ご当主のノイマン様、嫡男《ちゃくなん》のディディエ様、フリージア様とアレン様は既に支度を終えて私を待ってくれていた。

私が降りてきたのに気づいて振り返ったアレン様は、アラベスク模様をあしらったグレーのウエストコートの上に光沢ある白のコートを羽織り、白のクラヴァットにはアメジストのブローチが燦然《さんぜん》と輝いている。

まるで童話に出てくる白馬の王子様のようなスタイルだ。

「わあっ……アレン様、とっても素敵ですね」

思わず口から感嘆の声が漏れると、アレン様は翡翠色の瞳を丸くする。

「まあ……ふふっ。先を越されたわね、アレン？」

その様子を見ていたフリージア様は面白そうに笑い、その隣に立っているノイマン様やディディエ様は苦笑いをしている。

アレン様は気まずそうにゴホンと咳払《せきばら》いをして、私の方に手を差し出す。

「……クラリス。君もとても美しいよ」

そういえば、男性はパートナーの女性を褒めるのが夜会のマナーだと習った。

女性の私から先に褒め言葉を言うのはマナー違反だったかしら？

アレン様の顔色を窺《うかが》いながら差し出された手に手を重ねると、アレン様は大丈夫だと言うように優しく微笑《ほほえ》みかけてくれる。

「……さあ、楽しい楽しい夜会に出かけましょうか。私の可愛《かわい》いクラリスを皆にお披露目《ひろめ》しないとね」

「母上。……いつからクラリスはあなたのものになったのですか？」

ディディエ様が呆《あき》れたようにフリージア様を見ている。

こんなやり取りはいつものことだからか、ノイマン様は何も言わずに口元に笑みを湛《たた》えている。

「人数が多いから馬車は二台で行くわよ。旦那様とディディエは先の馬車、私とアレンとクラリスは後の馬車ね。……さすがに未婚の男女だけで馬車に乗せることはできないから、お邪魔かもしれないけど我慢してちょうだいな」

「母上っ！」

アレン様は頬を赤くしながらフリージア様に抗議しているが、フリージア様は全く意に介さずホホホと笑っている。

私はその光景を微笑《ほほえ》ましく見ていた。

シーヴェルト子爵家《私の実家》とは全く違う。

いや、正確には私以外の家族はこんなに温かい関係だったのかもしれないが、私一人が蚊帳《かや》の外だっただけだ。

血が繋《つな》がっている家族から蔑《ないがし》ろにされた私が、全く血縁関係のない家族の輪に入れてもらえていることが今でも不思議でしょうがない。

ノイマン様とディディエ様が乗り込んだ馬車を見送ったあと、アレン様のエスコートで次発の馬車に乗りこむ。

私はフリージア様の隣に座り、アレン様は私たちの対面に座る。

「そういえば……アレンのエスコートで馬車に乗り込んだのは初めてだわ？」

「私がエスコートせずとも男手はたくさんありますから」

「あら。侯爵家の人間なのに滅多《めった》に夜会に出ないで社交を放棄しているという嫌味なのだけど？」

「…………」

アレン様は苦々しい顔をして押し黙る。

「あれだけ言っても夜会に出なかったくせに、クラリスが夜会に出ると知るや否《いな》や風のようにエスコートの約束を取り付けちゃうんだもの。大体、今日のエスコートはディディエにさせるつもりだったのよ？　クラリスのデビュタントを周りに知らしめるつもりで。それなのにあなたったら何の相談もなく……」

「……母上」

嫌味を続けるフリージア様に、堪《たま》らずアレン様は声を上げる。

「母上がそれ以上続けたら私の面目《めんぼく》が立たなくなってしまいます。少しは格好つけさせてもらえませんか？」

「……それもそうね」

フリージア様は私の顔をチラリと見て、口を噤《つぐ》んだ。

『格好つける』の意味はよく分からないが、ずっとアレン様が不快そうな顔をしていたのでフリージア様の軽口が止《や》んでホッとした。

気まずい雰囲気を打開しようと、私は口を開く。

「……デビュタントが王宮なんて、緊張しますわ」

「……心配することは何もないわ。今日デビューするのはクラリスだけじゃないでしょうし、王宮の夜会なんてこれからいくらでも機会があるわよ」

「いくらでも、ですか？　義姉は今まで一度も招待を受けていなかったようですが」

私の言葉を聞いて、フリージア様とアレン様が目を見合わせる。

「まあ……それは当然だわ。あなたと彼女は違うもの」

「しかし今日は王太子殿下の祝いの日でもあるから、シーヴェルト子爵家にも招待状が届いているだろう」

アレン様の言葉に、私の鼓動が大きく跳ねる。

義家族も夜会に来ている……？

公爵家との縁談が破談になっても家に帰らなかった私を見つけたら、なんと言われるかしら……。

私のことを貴族と見做《みな》していないあの人たちのことだから、きっと子爵家の恥になると言って引き摺《ず》ってでも連れて帰ろうとするだろう。

小刻みに震える肩を隠すように両手で覆う。

「クラリス。……大丈夫だ。会場で義家族に会ったとしても君には指一本触れさせないさ」

「そうよ、クラリス。私たちを信じてちょうだい」

フリージア様が震える私の手を両手で包んで温めてくれる。

「今まであなたが奪われてきたものを取り返さないとね……」

フフフ……と不敵に笑うフリージア様を見ながら、心の中に烟《けむ》ったモヤモヤが少しだけ晴れた気がした。

私たちを乗せた馬車は王城の正門前に行列を成している馬車を横目に別の門を通過し、あっという間に王宮前に到着した。

こういった大規模な夜会の日は正門前が馬車渋滞するため、高位貴族は普段は王族専用になっている門を利用していいことになっているのだそうだ。

改めて、自分がお世話になっている家門の偉大さに恐れ慄《おのの》く。

「夜会の会場に入る前に、会わせたい人がいるんだ」

馬車を降りる時にアレン様にエスコートしてもらうと、アレン様は握った手を自分の肘《ひじ》に添え替えて私にそう言った。

（会わせたい人……？　一体誰かしら）

小首を傾《かし》げながらもアレン様のエスコートに合わせて王宮に入り、案内の侍従の後について歩いていく。

ある扉の前に着くと侍従が扉を四回ノックし、静かに扉を開く。

先に歩いていた侯爵家の方々に続いて部屋に入ると、中にある豪奢《ごうしゃ》なソファに一人の金髪の男性が腰掛けているのが目に入る。

すぐにフリージア様が目を瞠《みは》るほど美しい淑女礼《カーテシー》を披露《ひろう》するのを見て、私もすぐに淑女礼《カーテシー》のポーズを取る。

セインジャー家当主のノイマン様、嫡男《ちゃくなん》ディディエ様、アレン様もすぐに最敬礼を執る。

「王国の若き太陽にご挨拶《あいさつ》いたします。ノイマン・セインジャーが参りました」

最初に当主であるノイマン様が挨拶の口上を述べる。

『王国の若き太陽』……つまりこの先のソファに座っているのは、本日の夜会の主役であられる王太子スティング殿下ということだ。

ノイマン様に続き、フリージア様、ディディエ様、アレン様も順に挨拶をする。

「……シーヴェルト子爵家が次女、クラリス・シーヴェルトでございます。お初にお目にかかります」

私も淑女礼《カーテシー》のまま最後に挨拶を述べる。

「シーヴェルト子爵家の次女、ね。紹介ありがとう、みんな顔を上げて？」

許しを得て顔を上げると、ゆるりとした金色の髪に瑠璃色《るりいろ》の瞳の恐ろしく美しい男性が微笑《ほほえ》みを湛《たた》えて立っていた。

この方がアレン様の上司でもあるスティング殿下なのね……。

兄妹だけあって、王宮のお茶会でお会いした第一王女のアナベル殿下と美しい顔立ちがよく似ている。

「センジャー侯、久しいな。夫人やディディエ殿も変わりないか？」

「は。おかげさまで家族共々変わりなく過ごしております。本日はお誕生日誠に御目出度《おめでと》うございます。ますますのご活躍をお祈りいたします」

「はは、ありがとう」

王太子殿下は、気品溢《あふ》れるがどこか人懐こい笑顔で答える。

「……シーヴェルト子爵令嬢……クラリス嬢、と呼んでもいいかな？　会えて嬉《うれ》しいよ」

「もちろんでございます。こちらこそ王太子殿下にお会いできて光栄です」

私がそう言うと、王太子殿下は満足そうに「うん」と言って頷《うなず》いて、アレン様に向き直る。

「じゃあ、アレン。今日はしっかりやれよ」

「……御意」

アレン様は王太子殿下に礼をすると、再び私の手を取って部屋を出た。

王太子殿下が仰《おつしや》った「今日はしっかりやれよ」という言葉は、まるで部下が業務に就く前の声掛けのようだった。

若干の胸騒ぎを覚えたが、私が口を出すことでもないので何も言わずにアレン様について行った。


王宮の夜会会場に向かうと、ちょうど入場の番が来る頃だった。

使用人が会場の扉を開けると同時に、入場者の名前が大声でアナウンスされる。

「ノイマン・セインジャー侯爵、並びにフリージア・セインジャー侯爵夫人のご入場！」

ノイマン様とフリージア様が腕を組んで、実に堂々と会場に入場するのを後ろから見送る。

「ディディエ・セインジャー侯爵令息のご入場！」

パートナーのいないディディエ様が一人で入場すると、会場内が俄《にわ》かに色めき立つ。

年頃の令嬢方の視線がディディエ様に降り注いでいる。

侯爵家の後継でまだ婚約者のいないディディエ様は、同じく婚約者のいない令嬢方にとっては優良な嫁《とつ》ぎ先候補なのだろう。

「アレン・セインジャー侯爵令息、並びにクラリス・シーヴェルト子爵令嬢のご入場！」

そして、私たちの入場の番が来る。

入場の直前、アレン様が肘《ひじ》に添えた私の手を反対側の手でギュッと握ってくれ、少しだけ緊張が和らぐ。

アレン様に言われた通り、背筋を伸ばしてできるだけ堂々と歩く。

――――隣を歩く、アレン様に恥をかかせないように。

私たちが入場すると、会場は大きくどよめく。

周囲の人々を見てみると、皆一様に驚いたような顔でこちらを見ている。

驚いた理由は、普段夜会に出ないというアレン様が姿を現したからか、娘が一人しかいないと思われていた子爵家にもう一人娘がいたからか、あるいはその両方か。

「あらぁ。すごい人気ね、あなたたち」

先に入場していたフリージア様が扇で口元を隠しながらホホホと笑う。

アレン様は少しムッとした顔をしたが、すぐに私の耳に顔を寄せる。

「……クラリス、今日は私の側《そば》を離れないで」

アレン様の声は私にしか聞こえない大きさだったが、遠巻きにアレン様をじっと見ていた令嬢方からキャアッと声が上がり、見られていたことに私は恥ずかしくなる。

「分かりました」と小さな声で答えたが、赤くなった頬を隠すように俯《うつむ》いていたため、アレン様のお顔を見ることはできなかった。

不意に周囲がザワッとさざめいて視線が入場口に集まる。

「オスカー・ガルドビルド公爵、並びにイベリン・シーヴェルト子爵令嬢のご入場！」

入場口から、オスカー様の腕にしなだれかかるようにしてしゃなりしゃなりとイベリンが歩いてくる。

イベリンは背中と胸元ががっつり開いた、真紅のスリットの入ったドレスを着ていて、以前身につけていたものとは比べ物にならないのが遠目で分かるほどの大粒のダイヤのネックレスをつけている。

「……まるで娼婦のようね」

フリージア様がぽつりと呟《つぶや》く。

周囲の反応も概《おおむ》ねフリージア様と同じようなもので、冷たい視線を浴びていることにすら気づかずイベリンは得意満面で会場のど真ん中を通り過ぎて行った。

イベリンの姿を見て無意識に手に力が入っていただろうか。

アレン様の肘《ひじ》に添えた私の手の上に、アレン様の手が添えられる。

アレン様を見上げると、アレン様も私を見下ろして優しく微笑《ほほえ》んでくれる。

「クラリス。全て私に任せて、君は私の隣でただ微笑んでいればいいからね」

耳元でコソッと囁《ささや》かれた言葉の意味を呑《の》み込む前に、前方を歩いていたオスカー様の視線がこちらに向き、その直後、オスカー様が進路を変えてこちらに向かって歩いてくる。

もちろん、その傍《かたわ》らにはイベリンが寄り添っている。

体が自然と強張《こわば》る。

オスカー様の行き先が此処《ここ》でないことを、アレン様の足が別のところへ向かうことを願ったが、私の願いはどちらも叶《かな》わなかった。

「アレン。君が夜会に出るなんて、珍しいこともあるものだな」

オスカー様が気安い雰囲気でアレン様に話しかけてくる。

私もすぐに何かを言われるかと思ったが、意外なことにイベリンの視線は私ではなくアレン様に向いている。

「今日は大切な役割を果たすために参りましたので」

そう言って、アレン様はチラリと私に視線を遣《や》る。

その視線に合わせてオスカー様の視線が私に移ると、驚いたようにそのアイスブルーの瞳が見開かれる。

「君は……クラリス嬢、なのか?」

その言葉を聞いて、先ほどまでうっとりとアレン様を眺めていたイベリンが弾《はじ》かれるように私に視線を移し、みるみるうちに目の端を吊《つ》り上げる。

その形相に恐怖に呑まれそうになるが、アレン様が私の手をポンポンと叩《たた》いてハッと我に返る。

「……ご無沙汰《ぶさた》しております、ガルドビルド公爵閣下。クラリス・シーヴェルトでございます」

フリージア様に仕込まれた淑女礼《カーテシー》で挨拶《あいさつ》をすると、「顔を上げて」とオスカー様に声をかけられ、顔を上げる。

「……驚いたな。本当に……」

「クラリス！」

オスカー様の言葉を遮ってイベリンが大声で私の名を呼ぶ。

セインジャー侯爵家で受けた様々な教育のおかげで、今こうやってイベリンがオスカー様の言葉を遮った行為がどれだけ不躾《ぶしつけ》なことかよく分かる。

「あなた、公爵家を追い出されたくせに子爵家《うち》にも帰らないでどこをフラフラしていたの？しかもそんなに不相応に着飾って。まさか、身体《からだ》を売って稼いでいたりしないでしょうね？」

王宮という場でのあまりに下品な物言いに、私は目を見開く。

イベリンの隣に立つオスカー様の眉間にグッと皺《しわ》が寄る。

「失礼ですが。久しぶりに再会した義妹に対してそのような下品な言葉をかけるのが、淑女として正しいマナーなのですか？」

アレン様が言葉を発するとイベリンは視線をアレン様に移し、再び瞳をトロンと蕩《とろ》けさせる。

「……あなたは？」

「セインジャー侯爵が四男、アレン・セインジャーです」

「アレン様。……クラリスは子供の頃から体が弱く、今まで社交の場には出たことがありません。そんな未熟な者を伴っていてはアレン様の品位が損なわれてしまいますわ」

イベリンはアレン様の許可なく勝手にアレン様の名を呼んでいる。

チラリとアレン様を見ると、一見穏やかな表情をしているものの蟀谷《こめかみ》に青筋が立っている。

「ほら、クラリス。アレン様の迷惑になるのだからその手を離しなさい。……ああ、そうだわ。どうせ行く当てがないのでしょう？　オスカー様にお願いして、あなたを私の専属侍女として雇うことになっているの。いくら素行が悪いと言っても、あなたは義妹だもの……見捨てられないわ」

まるで義妹のことを思いやる義姉のように慈愛に満ちた表情をしてイベリンが語りかける。

私は先ほどアレン様に言われた言葉を思い出し、静かに微笑《ほほえ》みを浮かべてじっとイベリンを見つめる。

「……イベリン嬢。クラリス嬢はちゃんと保護されているから心配は無用と伝えたはずだが」

オスカー様はイベリンを下がらせようと腕を引いたが、イベリンはオスカー様に絡ませた腕を解いてこちらに近づいてきた。

「クラリスは現在、セインジャー侯爵家の庇護下《ひごか》にいます」

私とイベリンの間に立ちはだかるようにしてアレン様が前に出る。

すると何を思ったのか、イベリンはアレン様の手を取って両手で握り締める。

「アレン様。クラリスを助けていただきありがとうございます。躾《しつけ》も何もなっていない義妹ですから、この子の相手をするのも大変でしたでしょう？　これからはクラリスは私の侍女としてしっかり教育いたしますから、さあ、こちらにクラリスをお渡しください」

私はアレン様の背中に隠されているから、アレン様の表情は見えない。

イベリンは可憐《かれん》な容姿を最大限に活《い》かすように健気《けなげ》な表情でアレン様を見上げていたが、次第に顔色を変えて、握っていたアレン様の手を離す。

「クラリスは侯爵夫人直々に指導を受けておりますので、あなたの心配には及びません。……ああ、そうそう。クラリスは侯爵夫人も認めるほど優秀でね。どこに出しても恥ずかしくないと太鼓判を貰《もら》っているのですよ。それにほら、とても美しくなったでしょう？　シーヴェルト子爵家では全く磨いてもらえなかったようですが……我が家で少し磨いただけでこの通り、ですよ」

アレン様はそっと私の手を引いて前に導き、腰に手を回して体を寄せる。

突然のことに驚いて躓《つまず》き、思わずアレン様の軀体《くたい》にしがみつく格好になる。

顔を見上げると、アレン様は変わらず優しい瞳で私を見下ろしていた。

私は安心して笑みを浮かべ、そのままイベリンを見つめ返す。

目が合うと、イベリンの顔がだんだんと怒気を孕《はら》んだ表情に変化していく。

「クラリスっ！　何してるの、早くこちらへ来なさい」

イベリンは先ほどまでの甘く潤んだような声ではなく、腹から唸《うな》るような声を張り上げる。

「残念ながらクラリスは私の大切な人なのでね。公爵邸で働かせるわけにはいかないのですよ。そういう事情ですからオスカー様、何卒《なにとぞ》ご容赦ください」

突然の『大切な人』という言葉に驚いてアレン様を見遣《みや》る。

アレン様は真剣な眼差《まなざ》しでじっとオスカー様を見据えていた。

しばらく二人が目を見合わせたあと、オスカー様は黙って首肯する。

「……イベリン嬢。クラリス嬢を侍女にするのは彼女がそれを望むことが条件だと伝えたはずだ。見ての通り、彼女はセインジャー家で大切にされているようだから無理強いはできない」

オスカー様の言葉に、イベリンは目を吊《つ》り上げたままフンと鼻を鳴らす。

「……アレン様はセインジャー家の四男と言ったかしら。四人も息子がいればどうせ継ぐ爵位もないのでしょう？　それじゃあ、たとえ結婚したとしても平民じゃないの。……ふふふ、馬鹿なクラリス。私の侍女になれば少なくとも貴族ではいられるのにねえ？」

私たちの会話を多くの人が遠巻きに聞いているのに気づいていないのか、イベリンは遂にとんでもない言葉を口に出す。

オスカー様のパートナーとして立ち、もう既に気分は公爵夫人なのだろう。

そうでなければ、たかが子爵令嬢が侯爵令息にかけて良い言葉ではないと気づかないわけがない。

「イベリン嬢。……君は」

オスカー様が眉間の皺《しわ》を深め、イベリンに声をかけた瞬間。

「国王陛下並びに王妃陛下、王太子スティング殿下、アナベル王女殿下のご入場！」

会場に一際大きな声でアナウンスが響き渡った。

＊＊＊

会場中央の階段の踊り場の大きな扉が開かれ、そこから国王を始めとした王族たちが続々と入場する。

イベリンたちの会話に耳を澄ませていた野次馬たちも、あっという間に王族たちの神々《こうごう》しさに目を奪われている。

「今日は我が国の王太子、スティングの二十一回目の誕生日祝いのために集まってくれて嬉《うれ》しく思う。盛大な祝いの会をどうか楽しんでくれ」

国王の言葉に、わぁっと歓声と拍手が起こる。

すぐに音楽が鳴り始め、国王夫妻とスティング殿下、アナベル殿下がホールに降りてファーストダンスを踊る。

それが終わると、本日デビュタントを迎える令嬢とそのパートナーがホールに出てダンスを踊る番となる。

アレンがクラリスに向かって右手を差し出す。

「君と初めて踊る栄誉を私にいただけるか？」

「はい……こちらこそ光栄です」

クラリスがそっと触れる程度にアレンの手のひらに手を重ねると、アレンはその手をキュッと握り返す。

アレンの誘導でホールの中央に出て、二人は演奏に合わせて踊り始める。

この日にデビュタントを迎えた令嬢は三十人ほどだったが、会場のほとんどの視線はクラリスとアレンに集まっていた。

――「あちらはセインジャー侯爵家のアレン様よね？　お相手はどなたなのかしら？」

――「アレン様って滅多《めった》に夜会にお出にならないわよね。初めて見たけれど、素敵な方だわ……」

――「シーヴェルト子爵家にもう一人娘がいたのか？　初めて知ったぞ」

――「『春の妖精』とはまた違う、清楚《せいそ》な美女だな。声をかけたいが、あの揃《そろ》いの衣装……

もしかして、アレン殿と婚約しているのだろうか？」

人々のさざめきを聞きながら、イベリンは苛立《いらだ》ちを募らせていた。

イベリンの中では、今日の夜会の主役は自分のはずだった。

いや、正確には今日の主役は王太子なのだが、イベリンにとってはオスカーの婚約者としての初のお披露目《ひろめ》の場であり、当然のように主役は自分であると思っていたのである。

しかし、周囲の視線は今フロアで踊っているクラリスたちに釘付《くぎづ》けなのだ。

給仕から受け取ったワインで喉の渇きを潤しながら、フロアの二人を憎々しい思いで睨《ね》め付ける。

アレンの優しげな美貌《びぼう》を会場の令嬢たちがうっとりと眺めている。

そのアレンの美しい翡翠《ひすい》の瞳が、蕩《とろ》けるようにクラリスに向けられているのがどうにも気に入らない。

見目の良さで言えばオスカーも負けてはいない。

しかし、アレンの方が若いし、上背があって体格が良いのだ。

地位で言えばオスカーと比べ物にもならないが、愛人としては申し分ない。

アレンはクラリスを『大切な人』などと言っていたが、おそらく彼は『女』というものに慣れていないのだろう。

得意の手練手管《てれんてくだ》で言い寄ればあっという間に自分の虜《とりこ》になるはず――とイベリンは考えた。

クラリスの前でアレンとの仲を見せつけ、クラリスが悔しさや悲しさで顔を歪《ゆが》めるところを想像して、イベリンは口角を上げた。


一方、アレンと踊るクラリスは夢のような時間を過ごしていた。

自分が夜会で、しかも王宮の舞踏会場で踊ることができるとは、ほんの数か月前には想像すらしなかったことであった。

人に見られることに慣れていないため緊張はするが、アレンが側《そば》にいれば安心することができた。

クラリスはこの煌《きら》びやかな空間で、アレンと踊るひとときを心から楽しんだ。

「クラリス。今日の夜会では君の人生が大きく変わることが起こるだろう。そして全てが終わった後……君に話したいことがある。聞いてくれるか？」

クラリスにはアレンの言葉の意味が分からなかったが、注がれる眼差《まなざ》しが真剣だったのでコクリと頷《うなず》いた。

不意にこちらを凝視《ぎようし》しているイベリンが視界の端に映ると、先ほどまでの夢見心地が途端に薄れ、不安がクラリスを襲う。

クラリスのアメジストの瞳が所在なげに伏せられる。

「ねえ、クラリス。顔を上げて？　私だけを見て」

アレンはクラリスに優しく語りかける。

クラリスが顔を上げると、自分に向けられている慈《いつく》しむような翡翠《ひすい》の視線に気づき、じんわりと涙が浮かぶ。

あまりに健気《けなげ》なクラリスの表情に、アレンは何かを堪《こら》えるようにグッと口の端を結ぶ。

クラリスの美しいアメジストの瞳に映るのは自分だけであってほしい——そんな仄暗《ほのぐら》い独占欲がアレンの心に去来する。

アレンが女性に対してそのような感情を持つのは、生まれて初めてのことだった。


デビュタント組が踊る曲が終わり、他の参加者も次々にホールに出てパートナーとのファーストダンスを始める。

イベリンも当然、オスカーと踊るものなのだと思っていた。

しかし、当のオスカーは「挨拶《あいさつ》回りをしてくる」と告げて、さっさとイベリンを置いてどこかへ行ってしまった。

イベリンは憤《いきどお》ったが、同時に納得もした。

この半年間公爵邸で暮らして分かったことは、オスカーという男は全く女性に気遣いができないということ。

そういう意味で、イベリンはオスカーに期待するのをやめた。

オスカーの権威と金だけ使って、他の部分は別の人で満足すれば良い。

イベリンは余裕綽々《よゆうしゃくしゃく》でホールの端に立っていた。

自分は『春の妖精』なのだから、どうせ黙っていても壁の花になることはない。そんな自信があった。

しかし、待てど暮らせどダンスのお誘いはかからない。

はじめは自分がオスカーのパートナーだから遠慮されているのかとも考えたが、遠巻きに自分を見ている視線も感じない。

イベリンにとって、誰からも誘われない夜会は初めてだった。

なんてことはない。

いつもイベリンを『春の妖精』などと持て囃《はや》して取り囲んでいたのは下位の貴族ばかりで、高位の良識ある貴族たちは男を侍《はべ》らせて喜んでいるイベリンを元々良く思っていなかった。

そして、たまたま今日の夜会には下位貴族はあまり招待されていなかった、ただそれだけの話である。

残念ながら、社交性のないオスカーにはイベリンの本当の評判は伝わっていなかったようだが。

奇《く》しくも壁の花となってしまったイベリンだったが、時が経《た》つにつれてその顔は恥辱に塗《まみ》れていった。

そんな時、イベリンに向かって声をかけてくる人物がいた。

「イベリン！　こんなところでどうしたんだ？　ガルドビルド公爵は？」

近づいてきたのはイベリンの父、ジョージであった。

父の後ろには母のソラアンヌ、兄のアラスタが追従している。

アラスタもイベリンと同じく夜会ではいつもたくさんの令嬢を引き連れているのだが、王宮夜会でパートナーを頼めるような知り合いはいなかったらしく、一人で参加している。

イベリンは声をかけてきたのがダンスの申し込みでなかったことに小さく舌打ちをしつつ、父に笑顔で向き直る。

「お父様！　オスカー様は仕事で席を外されていますわ」

「仕事か、ならば仕方ないのか。お前の夫となる宰相殿はお忙しいのだなぁ！　あっはっは」

父が周囲に態《わざ》と聞かせるように大声で話すのを見て、イベリンは口角を上げる。

オスカーが気が利かないなら、自分が行動すれば良いのだ。

イベリンは持っていた扇を開いて口元を隠し、家族を伴って歩き出した。

こうして会場を練り歩けば、きっとガルドビルド公爵とお近づきになりたい貴族から声がかかるだろうと思っていた。

しかし、予想に反してどの貴族たちもイベリンたちに露《つゆ》ほども注意を払わなかった。

イベリンの想定では、今頃自分たちはガルドビルド公爵の婚約者とその家族ということでチヤホヤされているはずだったのに。

何もかも思い通りに事が運ばず、苛々《いらいら》を募らせるシーヴェルト子爵家の面々。

貴族たちに声をかけても袖にされ、当てもなく会場を彷徨《うろつ》いていると、遂に体《てい》のいい八つ当たり相手を見つける。

――クラリスだ。

「クラリス！　ほら、お父様！　見て、クラリスよ！」

イベリンが声を上げ指差す方を見た義家族は一様に目を瞠《みは》る。

すぐ先には、シーヴェルト子爵家にいた頃の見窄《みすぼ》らしい姿とは見違えるほど美しく着飾ったクラリスが立っている。

「あれが……クラリスだって？」

言葉を失った義家族のうち、最初に口を開いたのは兄のアラスタだった。

シーヴェルト子爵家にいた頃のクラリスは碌《ろく》にご飯も食べられぬまま家の中のあらゆる雑用をさせられ、瘦《や》せ細っていつも煤《すす》けていた。

だがどうだろう。

すぐ先に立つクラリスは十分な食事のおかげで細いながらも女性らしい肉付きになり、元々白い肌には健康的に赤みが差している。

さらに毎日髪の毛から足の爪までピカピカに磨かれたおかげで、くすんだ灰色と思われていたシルバーグレーの髪は輝きを取り戻し、シャンデリアの光をキラキラと反射している。

「お父様！　聞いておられますの!?」

思わずクラリスに見惚《みと》れていたジョージはイベリンの怒声でハッと我を取り戻し、憤《いきどお》った表情を浮かべた。

「……クラリス!!　お前、一体どこをほっつき歩いていたんだ!!」

ジョージは大声を上げ、ズカズカと床を踏みしめながらクラリスに近づく。

その勢いのままクラリスの腕を掴《つか》もうと手を伸ばした瞬間、ジョージとクラリスの間にスッと大きな体躯《たいく》が入り込む。

「……随分《ずいぶん》と無礼な方だな」

ジョージが驚いて目の前に立った人物を見上げると、怒気を孕《はら》んだ翡翠《ひすい》の瞳が見下ろしていた。

あまりの威圧感に怯《ひる》み、ジョージは思わず後退《あとずさ》りする。

「あ、あ、あなたこそ、何なんだ？　そこにいるのは私の義娘だ！　今まで行方知れずで、ずっと捜していたのだ！　さっさと引き渡してくれ！」

ジョージは顔中に冷や汗をかき、唾《つば》を飛ばしながらアレンに食ってかかる。

そんな醜態を晒《さら》す父を横目に、穏やかな笑みを浮かべたイベリンが一歩前に出る。

「……アレン様。ご覧の通り、父も家族もクラリスのことが心配でずっと捜しておりましたのよ。私たち仲良し家族を引き離そうとすることはやめて、クラリスを返してくださらない？」

イベリンは前屈《まえかが》みになり、グッと胸の谷間を寄せる。

そしてその体勢のままアレンの手を握ろうと手を伸ばすが、アレンに乱暴に払われる。

「……あなたと私は何にも関係がないのだから無闇に触らないでもらえるか？　それから、名前を呼ぶことは許可していない。不快だ」

アレンに氷点下の視線を投げられ、イベリンは狼狽《ろうばい》した。

想定していた反応と全く違ったからだ。

イベリンの考えでは、アレンは自分の魅力に堕《お》ちてあっさりクラリスを引き渡し、あわよくばそれ以降はイベリンをエスコートするはずであった。

「そ、そんな冷たいことを仰《おっしゃ》るなんて酷《ひど》いわ！」

イベリンがじんわり涙を浮かべても、いつものように同情したり慰めに来てくれる人は誰もいない。

「……酷いのはどちらかな？」

アレンはイベリンとその家族の顔をゆっくり見回す。

「あなたたちはクラリスを連れ帰り、また虐《しいた》げるつもりか？」

アレンの発言に、遠巻きにこの様子を見ていた人たちがどよめく。

「ろくに食事を与えず、使用人のようにこき使うつもりか？」

途端に義父ジョージと義母ソラアンヌの顔は青ざめ、ワナワナと唇が震え出す。

聴衆は顔を顰《しか》め、ヒソヒソと何かを囁《ささや》き合っている。

その視線はどう見てもイベリンたちに友好的なものではなさそうだ。

「言いがかりです！　私たちはそんなことはしていません。……クラリス、あなたまた嘘《うそ》をついたのね！　この子は昔から美しい私のことを羨《うらや》んで、貶《おとし》めようとするのです……もういい加減、止《や》めてちょうだい！」

わぁっと声を上げてイベリンが泣き出す。

周囲の同情を引きたいがための行動だったのだが、まるで子供のような泣き様に、聴衆はますます眉を寄せる。

「……私の誕生日に泣き声を上げるとは何事かな？」

突然聴衆の向こうから声が上がり、聴衆が二つに割れる。

奥から現れたのは、ゆるりとした白金の髪に瑠璃色《るりいろ》の瞳、王族の白い正装を纏《まと》った王太子スティングであった。

義姉と間違えて求婚されました。

第七章　衝撃の事実が判明しました

「……スティング殿下」

そう言ってアレン様はサッと王族に対する敬礼を取る。

私も慌てて淑女礼《カーテシー》のポーズを取る。

一方でイベリンと義家族は驚いて体が動かないのか、直立したままスティング殿下を凝視《ぎょうし》している。

「ん。礼はいいよ。随分《ずいぶん》と大声で話をしていたようだね？」

そう言われて、私は低頭していた顔を上げる。

王太子殿下はニコニコと親しみやすい笑顔で義家族に問いかける。

先ほどまで大声で泣いていたイベリンは、あっという間にその薄紅の瞳に涙を溜《た》め、スティング殿下に近づく。

「スティング様っ。私たちはただ、可愛《かわい》い義妹を返してほしいだけなのですっ！　それなのに、義妹を虐《いじ》めていただのと言いがかりをつけられて……」

何を思ったのかイベリンがスティング殿下に手を伸ばし、殿下の横についていた護衛に止められる。

その瞬間、殿下の顔から笑みが消える。

「……貴女《あなた》は誰？　私に触ろうとしたり勝手に名を呼ぶなんて随分と非常識な女性だね……本当に貴族の令嬢なのかな？」

最上級の嫌味を言われた屈辱で、イベリンの顔は真っ赤に染まる。

「わ、私はっ……オスカー・ガルドビルド公爵の婚約者、イベリン・シーヴェルトですわ！」

「ガルドビルド卿《きょう》の婚約者？　……そうなのかい、再従兄弟《はとこ》殿？」

スティング殿下がそう言うと、いつの間にか殿下の後ろに立っていたオスカー様が重々しく口を開く。

「……私がイベリン嬢に求婚をしたことは事実です。しかし……彼女は正式な婚約者ではありません」

オスカー様から衝撃の発言が飛び出し、イベリンが目を剝《む》く。

「な、な、な、何ですって!?　どういうことですの、オスカー様!?」

護衛に肩を押さえられているイベリンはそれを振り払うかのように揺らして、オスカー様に詰め寄ろうとする。

「……君には公爵邸に入り、教師をつけて勉強してもらったね？　しかし、どの教師からも合格点はもらえなかった。つまり君には公爵夫人となる資質がない、ということだ。それから、乱れた身なりで王城に押しかけてきたり、王太子殿下の祝いの席で泣き喚《わめ》いたり、どこをとっても品格ある淑女とは言い難《がた》い。君のような者を王家に連なるガルドビルド公爵家に迎えることなど、できるわけがないだろう？」

イベリンに冷ややかな視線を投げながら、オスカー様は淡々と説明する。

「そ、そんなことで……オスカー様は私に惚《ほ》れたから求婚してくださったのでしょう？　少し至らない点など、愛情でカバーできるはずです！」

イベリンは必死でオスカー様に食い下がる。

その姿を見て、オスカー様はグッと眉根を寄せる。

「はぁ……。君とは仮面舞踏会の夜に一晩を共にしただけだ。それで惚れた腫《は》れたなどあるはずないだろう？　君が『私は初めてだ』と言ったから、ならば責任を取ろうかと思っただけだ。……後から調査して、あの晩は既に純潔ではなかったということが判明したがな」

つまりオスカー様はイベリンが処女を捧げてくれたと勘違いし、責任を取ろうとして求婚したらしい。

つまり、どうしてもと望んでイベリンに求婚したわけではないということだ。

「……いいえ！　神に誓ってあなたが初めてでした！　責任を取ってくださいませ!!」

実はそんなに惚れられていなかったと理解したイベリンは、すぐさま責任を取ってもらう方向に作戦変更する。

「……君が真面目に学ぼうとしてくれれば、別に純潔でなくとも構わなかったのだがな。いかんせん、教養がなさすぎる。マナーも最悪だし、とても公爵夫人として表に出せたものではない」

「私は『春の妖精』ですのよ!?　マナーは完璧なはずです！　それに、多少教養がなくともオスカー様を悦《よろこ》ばせる手技がございますわ!!」

イベリンのあまりに堂々とした主張に、私は顔がカッと熱くなった。

あまりそういったことに知識のない私だけど、イベリンが淑女らしからぬことを言ったということは分かる。

周りを取り囲む聴衆の中でも、私と同じように顔を赤らめたり顰《しか》めたりしている令嬢が何人もいる。

人目のある中で、何と下品な発言をするのだろう……。

私が頬に手を当てて熱を冷ましていると、アレン様が振り返って私の頭を撫《な》でてくれる。

私を見下ろす翡翠《ひすい》の瞳は優しさで溢《あふ》れている。

「……ははっ。まるで娼婦のようなことを言うんだね。……でもね、イベリン嬢。どれだけガルドビルド卿《きょう》を身体《からだ》で籠絡《ろうらく》しようとも、君は絶対に公爵夫人にはなれないんだよ。なぜか分かる？」

スティング殿下は含みのある笑みを浮かべてイベリンに問いかける。

「……は？　どういうことですか？」

護衛に肩を摑《つか》まれたまま、イベリンはキョトンとした表情で問い返す。

「君はこの国の法律をきちんと勉強したかい？　……貴族は貴族としか結婚できない。平民は貴族に嫁《とつ》ぐことはできないんだ」

スティング殿下が至極当たり前のことを言うので、イベリンは首を傾《かし》げる。

平民が貴族と結婚できないということは、平民ですら知っているこの国の常識だ。

「……？　それは存じておりますが……何を仰《おつしや》りたいのですか？」

イベリンはこれまたこの場にいる全ての者が感じている疑問を口にする。

「だから、君はガルドビルド卿《きよう》に嫁ぐことはできないんだよ……平民だからね」

「は……？」

イベリンは状況が吞《の》み込めないのか、ポカンと口を開けて呆《ほう》けている。

（イベリンが平民……？）

私は王太子殿下が言っていることの意味が理解できず、思わずアレン様を見上げる。

アレン様は私の視線に気づいて顔を向け、再び私の頭を撫《な》でる。

「そうか、君は何も知らないんだな。貴方《あなた》はどういう意味か分かるよね？　……ジョージ・ク・ラ・ナ・ガ・ン？」

そう言ってスティング殿下は義父に目を向ける。

スティング殿下が来られてから、義父は青白い顔をしたまま俯《うつむ》き気配を消していたが、殿下の一言でその丸い体をビクッと震わせる。

「ジョージ・クラナガン……？　夫の名前はジョージ・シーヴェルトですが……」

黙り込んだ義父の代わりに義母が困惑した表情で答える。

「いいや、彼の名前はジョージ・クラナガンだ。事故死した先代マリオ・シーヴェルト殿の亡き後、子爵代理としてシーヴェルト家の執務を任されたマリオ卿の従弟《いとこ》……だね」

スティング殿下の言葉に、周囲の人々が驚きの声を上げる。

その声はさざなみとなって広がり、いつしか会場を混乱の渦に巻き込んでいった。

＊＊＊

義父は私の実父の弟ではなく、従弟《いとこ》だった——その事実が意味するところは。

センジャー侯爵家で色々なことを学ばせてもらった今なら分かる。

そう、義父には……シーヴェルト子爵家を継ぐ資格がないのだ。

イベリンや義母、義兄はその事実に思い至らないらしく、ポカンと口を開けている。

「……それが、何だと言うんですの？　弟でなく従弟《いとこ》だったとしても、血が繋《つな》がっていることには変わりありませんわ？」

私はそんなことを口走ったイベリンを、信じられない思いで見つめた。

イベリンは公爵家でわざわざ教師をつけてもらって勉強をしたらしいが、本当に何一つ身についていないのだろう。

この騒ぎを取り囲んで見守っている聴衆は皆それが意味するところを理解していて、義家族に冷たい視線を向けている。

「ははっ。再従兄弟《はとこ》殿はよくもまぁこんな女性に求婚したものだ」

スティング殿下が親しみやすい笑顔で猛毒を吐き、それに対してオスカー様は苦虫を嚙《か》み潰《つぶ》したような表情を浮かべている。

「本来は君たち、こんなところに足を踏み入れることもままならない身分なんだけどね。今日は特別に王太子である私が直々に教えてあげよう。……あのね、この国では貴族爵位の相続は三親等以内にしか認められていないんだ」

そこまで丁寧な説明を受けても、義父以外の義家族は意味が分からないという顔をしている。

こんなに常識がないまま、今まで子爵夫人や子爵令息、令嬢として振る舞っていたなんて信じられない。

「……ここまで言っても理解できない？　じゃあはっきり言うよ。この国の法律では、四親等である従弟《いとこ》は子爵家を継ぐことはできない。つまり、ジョージ・クラナガンは子爵家を継いでいないいんだよ」

義父が子爵位を継いでいない……つまり、シーヴェルト子爵ではない。

ということは、その妻やその子供は？

やっとそこまで思い至ったのか、義家族の顔色が悪くなっていく。

「そんなはずはありませんわっ！　だって父は今まで『シーヴェルト子爵』として社交もこなしてきましたし、誰に何を言われたこともありませんもの！　それは、父が『シーヴェルト子爵』として認められていたということですわよね？」

信じられないという表情で、イベリンが喚《わめ》くように訴える。

「うん……それは耳の痛い話だな。これは本来、国の役人が気づくべきことだったんだけど、全ての役人が真面目に働くというわけでもないらしい。怠慢役人の代わりに私がしっかりと調べてきたよ。シーヴェルト子爵家の戸籍には確かに『当主代理：ジョージ・クラナガン』と記載されていた。……つまり、ジョージ・クラナガンはシーヴェルト子爵家の当主ではないということだ」

王太子殿下の言葉にイベリンは目を見開いたまま息を呑《の》み、義父は俯《うつむ》いたまま小刻みに震えている。

……どうやら、義父は自分がシーヴェルト子爵家の当主でないことを自覚していたようだ。

「やっと自分たちの立場が分かってきたかな？　……さて。ここで質問です。それでは、シーヴェルト子爵位の正式な後継者は誰でしょうか？」

ゲームでもするように楽しげに、スティング殿下が手のひらを上に向けたままイベリンに向かって指を差す。

イベリンはクッと口を結び、厭《いと》わしげに顔を歪《ゆが》める。

「ふん……答えないんだ？　じゃあ……アレン。君は誰だと思う？」

アレン様は一呼吸置いて、口を開く。

「……先代シーヴェルト子爵の一人娘、クラリス嬢です」

「そう！　大正解」

笑顔でパチパチと手を鳴らすスティング殿下を見ながら、私は目の前の光景がどこか現実のものでないようなフワフワとした感覚に閉じ込められていた。

公爵家から請われて婚約者として出向いたものの人違いと言われて追い出され、虐《しいた》げられた子爵家にも帰れず平民としてたった一人で生きていくものだと思っていたのに。

実は私が子爵家の後継者だった……？

私の戸惑いに気づいたのか、アレン様がそっと私の肩に手を回して引き寄せてくれる。

直に添えられた手のひらの温かさが心地良い。

「……さて、余興はここまでだよ。ジョージ・クラナガン。私は今から君の罪を告発しなければならない」

先ほどまで楽しそうな笑みを浮かべていたスティング殿下の顔から、一瞬にして笑みが消える。

「子爵代理の主な役割……それは子爵家の執務の代理と、後継であるクラリス嬢の養育だよね。それで……君はその役割をしっかり果たしたと言えるか？　どうだ、ジョージ・クラナガン？」

義父は遠目からでも分かるほどに顔中に脂汗を滴《したた》らせ、顔色は青を通り越して白くなっている。

「一つ目。執務もまともに熟《こな》さずに、代理に割り当てられた報酬以上に子爵家の財産を食い潰《つぶ》したね。ああ……君たちが今日、王宮の夜会を楽しんでいる間に子爵家の屋敷に調査が入っているから、ここで嘘偽《うそいつわ》りを述べても無駄だよ」

スティング殿下は冷ややかなオーラを纏《まと》い、有無を言わさぬ威圧感を放っている。

夜会前に別室でお会いした時の気さくさは微塵《みじん》も感じられない。

「二つ目。何よりも大切にすべきクラリス嬢の養育を放棄し、あまつさえ虐げたね。まともな食事も与えず、使用人のようにこき使ったんだっけ……？」

王太子殿下に冷たい視線を向けられ、俯《うつむ》いていたイベリンが顔を上げる。

「……それは誤解です、スティ……王太子殿下。私たちはクラリスを家族として……」

「クラリス様、だろ？　君と彼女では立場が違うってこと、まだ分からない？」

言葉を遮るようにスティング殿下から圧をかけられ、イベリンはグッと押し黙る。

「……何が家族として、だ。君たちがクラリス嬢を虐《しいた》げていたのはいくらでも証言が取れている。まず、子爵家の元使用人たち。次に、ガルドビルド公爵家の使用人たち。クラリス嬢が公爵家を訪れた時、荷物一つ持たずに非常に見窄《みすぼ》らしい格好をしていたとの証言。それからセインジャー侯爵家の侍医は、クラリス嬢が侯爵邸に来た当初は慢性的な栄養失調で痩《や》せ細り、まともに食事が取れないほどだったと証言したよ」

「……クラリス嬢は病弱だと。だから痩せ細っているのだと、私にはそう説明しなかったか？　イベリン嬢よ」

オスカー様が押し黙っているイベリンに問いかける。

イベリンは顔を歪《ゆが》めたまま口を開かない。

「クラリス嬢をセインジャー侯爵邸で保護して約半年、適度な食事と貴族令嬢として当たり前のケアを受ければご覧の通りですよ。ちなみにその間、病気一つしていません」

そう言ってアレン様は私に視線を誘導する。

ゆっくりとオスカー様のアイスブルーの瞳が私に向けられる。

半年前には不快そうに向けられたアイスブルーの瞳が、今は憐憫《れんびん》と悔悟《かいご》の情に揺れている。

「……ここまで言えば、漸《ようや》く自分たちの立場が理解できたかな？　クラナガン家の面々よ」

いくら常識のないイベリンでも、ここまで言われれば自分の立場が危ういということを理解できたようだ。

何かを堪《こら》えるように一文字に結ばれたまま震えるその唇からは、何の言葉も発せられない。

同様に、義母も義兄もじっと固まって押し黙っている。

おそらく頭の中では、自分たちの行先をマシなものにするための言い訳を必死で考えていることだろう。

「さて。ここからは断罪の時間だよ。はっきりさせなければならないこともあるし」

そう言ってスティング殿下はパンパンと手を叩《たた》いた。

「まずは、君たちが勘違いしていることからはっきりさせようか。イベリン・クラナガンが先ほど、クラリス嬢のことを『家族』などと言っていたけど……それは事実ではない。そうだよね、ジョージ・クラナガン？」

もうすっかり置物のように反応がない義父に、スティング殿下が問いかける。

私は散々虐げられたから心の底ではこの人たちを『家族』などと思ったこともないが、戸籍上では『家族』なのだと思っていた。

だからとりあえずは義家族と呼んでいたのだけど……。

「クラリス嬢はクラナガン家とは養子縁組していない。つまりシーヴェルト子爵家に籍があるのはクラリス嬢だけであり、クラナガン家はクラリス嬢の家臣に過ぎないということだ」

つまり私とイベリンたちは、そもそも戸籍上すら『家族』ではなかったというわけだ。

本当の『シーヴェルト子爵令嬢』は私だけだったのだ。

「クラリス。……君はあの者たちとは戸籍上何の関わりもない。だから、あの者たちの罪は君には全く関係がないということだ」

アレン様が顔を近づけて、私の頭のすぐ上で囁《ささや》く。

「ここでジョージ・クラナガンがどれほどの罪を犯したかを整理してみようか。そもそも子爵代理は王家の承認を以《もっ》て国が任命した役割だ。その役割を放棄するというのは……王家に対する背信行為であると言える。それから、主君であり貴族のクラリス嬢を虐待した罪……。平民が貴族に害を加えることが重罪だというのは、さすがに知っているよね？」

スティング殿下がサッと手を上げると、控えていた騎士たちが何処《どこ》からともなく現れてイベリンたちを手際よく拘束する。

「きゃあっ！　私たちもお父様に騙《だま》されたのですわっ！　私たちは関係ない……！」

「クラリス嬢の虐待に加担しておいて『関係ない』とは。君の常識がないのは、記憶力が悪いせいか？　ちなみに、君のクラリス嬢に対する仕打ちは使用人たちから十分に証言が取れているからね」

イベリンはしばらくジタバタと暴れていたが、騎士から拘束される力を強められ、髪を振り乱し私を睨《にら》みつけたまま動きを止めた。

「残念だねえ、イベリン・クラナガン。君の性格が醜悪でなければ、もしかしたら情《じょう》状《じょう》酌《しゃく》量《りょう》の余地もあったかもしれないのにね」

物凄《ものすご》い形相で私を睨みつけるイベリンからは『春の妖精』の面影は感じられない。

「それが『春の妖精』の本性か。女性は怖いもんだね。……さて、実は君たちの罪はこれだけじゃないことに気づいているかな？」

スティング殿下はイベリンの様相の変化に苦笑しながら、話を続ける。

「今日の夜会。招待状は『シーヴェルト子爵家』宛に送られたわけだけど……君たちはどうし・て・参・加・し・て・い・る・の・か・な？」

これまでのことを踏まえて考えてみれば。

イベリンたちがシーヴェルト子爵家の者でないならば、この場にいることはおかしいということになる。

ましてや、騎士爵もない平民の立場では代理出席も不可能だ。

「平民が貴族を騙《かた》る罪もまた重罪だよねえ。……でもね、君たちが犯した罪の中で一番重いものはそれじゃないよ」

王太子殿下は手のひらを上に向けたまま、ひっそりと身を隠すように縮こまっていたアラスタに向かって指を差す。

「君。数々の夜会で、何て名乗っていたっけ？　確か……『シーヴェルト子爵家の嫡男《ちゃくなん》』だっけ？　それで縁談も来ていて、数々の令嬢と関係も持っていたらしいけど」

いきなり話を振られ、アラスタがビクッと体を揺らす。

彼を義兄だと信じていた頃、アラスタがシーヴェルト子爵家の後継者だと疑っていなかった。

おそらく使用人も含め、全員がそう思っていたはず。

「……そういうの、何て言うか知ってる？　『爵位の乗っ取り』だよ。そもそも爵位の継承が三親等以内と定められたのも、この『爵位の乗っ取り』を防ぐためなんだ。だからね……これはとーっても重い罪なんだよ」

スティング殿下がニッコリと笑うと、アラスタは今にも倒れそうなほど震え上がっている。

それを見て、殿下は再びサッと手を上げる。

「貴族位の乗っ取りを計画した平民の一家族が、不正に王宮に忍び込んだ罪で連行する！　もちろん、収監するのは地下にある一般牢《ろう》だ……貴族じゃないからね」

スティング殿下の合図を受け、イベリンたちを拘束した騎士が彼女たちを引き摺《ず》るようにして会場を出て行く。

イベリンだけは体を捩《よじ》って拘束から逃れようと抗《あらが》っていたが、その他の人たちは人形のように顔色を失って促されるまま歩いて行った。

イベリンたちが連行されるのを見届けて、スティング殿下が私の前に歩み出る。

「クラリス嬢。……本来、子爵代理の業務は王家の指導のもと、しかるべき監視をつけて適正に行われるべきものだった。しかし国と役人の怠慢により、十年もの長い間、君を辛《つら》い目に遭《あ》わせてしまった」

一国の王太子である以上、下の立場の者に頭を下げることはできない。

しかし私に向けられる瑠璃色《るりいろ》の瞳からは確かな謝意が感じられる。

「君の父上の爵位を、今日、正しく渡るべき者の手に渡そう」

そう言って、スティング殿下は目配せをして踵《きびす》を返し、歩き出す。

それに従いアレン様が私の肩を抱いたまま歩き出したので、私もそれについて行く。

スティング殿下は波が引くように避けていく聴衆の間を真《ま》っ直《す》ぐに歩き、国王陛下が座る玉座の御前へと歩み出る。

殿下が一礼すると国王陛下は片手を上げてそれに応え、私は淑女礼《カーテシー》で、アレン様は最敬礼で御前に立つ。

「顔を上げよ。アレン・セインジャー、クラリス・シーヴェルト」

国王陛下の許しを得て、私たちは顔を上げる。

スティング殿下と同じ、瑠璃色の瞳がこちらを見据えている。

「本日を以《もっ》てジョージ・クラナガンの子爵代理の任を解き、子爵位全権をクラリス・シーヴェルトに戻す。クラリス嬢は現在十七歳、正式に爵位を継承できる十八歳になるまではあと数か月あるが、その間はセインジャー侯爵を後見とすることを条件に爵位継承の前倒しを特例で認めることとする」

よく通る威厳ある声で、私への爵位継承が命じられる。

私は今この瞬間、シーヴェルト子爵となったのだ。

「セインジャー侯爵のもとでしっかり学び、子爵としての責任を果たすがよい」

国王陛下は最後にどこか労《いた》わるような声色で、優しい笑みを浮かべて私に語りかける。

「……亡き父が遺した爵位を受け継ぎ、貴族としての責任を全うすることをお約束いたします」

再び淑女礼《カーテシー》で挨拶《あいさつ》をしたあと、アレン様のエスコートで御前を後にする。

去り際に国王陛下の少し後ろに座っていたアナベル王女殿下に目を向けると、アナベル殿下は私を見て静かに微笑《ほほえ》んでいた。

これだけの騒ぎを起こした後なので、誰も彼もが私たちに近づいて話を聞きたそうに様子を窺《うかが》っていたが、誰かに声をかけられる前にアレン様は私をバルコニーへと連れ出した。

＊＊＊

「今日は疲れたろう？」

バルコニーのカウチに座り一息つくと、アレン様が給仕から受け取ったグラスを差し出してくれる。

緊張の連続で喉がカラカラだった私は、グラスの中の透明な液体をグイッと飲み干す。

ほんのりとした甘みが口の中に広がる。

「よく頑張ったな」

アレン様は私の隣に腰を下ろし、頭を撫《な》でてくれる。

夜風は涼しいが、私の頰は熱を持つ。

「あまりに状況が変わりすぎて……正直に言うと気持ちが追いついていません」

履き慣れないヒールで傷んだ足を摩《さす》りながら、私は今日の出来事をぼんやり思い出していた。

平民になる前の思い出作りのつもりで参加した今日の夜会。

私が平民になるどころか実は義家族が平民で、しかも義家族は家族ですらなくて。

今日を以《もっ》て私がシーヴェルト子爵を継ぐことになって。

今まで義家族だと思っていた人たちは、罪人として裁かれるのだという。

「そうだよな。事前に言えたら良かったんだが……クラナガンに逃げられては困るから、情報を知る者は限られていたんだ」

思えばアレン様もフリージア様も、事情を知った上で私を守ろうとしてくれていたのだろう。侯爵邸で様々な教育を惜しげもなく施《ほどこ》してくれたのも、私が子爵を継ぐことを見越してのことだったのだ。

「私……知らぬ間にすごく助けてもらっていたのですね。ありがとうございます、アレン様」

私が笑顔でアレン様を見上げると、アレン様は目元を赤くして私を見つめ、私の手からグラスを取り上げてサイドテーブルに置く。

「クラリス。全てが終わったあと、私の話を聞いてほしいと言ったのを覚えているか？」

あの夢のようなダンスの途中、アレン様は確かにそのようなことを言っていた。

「はい。それで……お話とは？」

私が尋ねると、アレン様は真剣な表情で翡翠《ひすい》の視線を真っ直《ます》ぐに向けてくる。

「君は今日、爵位を継いでシーヴェルト子爵となった。おそらく、君にはこれから多くの縁談が舞い込むだろう。それを理解した上で、この話を聞いてほしい」

そう言うとアレン様はカウチから立ち上がり、私の目の前に移動して跪《ひざまず》く。

膝の上に置いていた両手を掬《すく》い上げるように握られ、真正面から見据えられると、ここだけ時が止まったような錯覚に陥る。

「私、アレン・セインジャーはクラリス・シーヴェルトを愛している。どうか私と結婚してくれないか？」

「え……？」

驚きのあまり言葉を失っていると、アレン様はクスッと笑う。

「……私の気持ちに気づいていなかった？　結構分かりやすかったと思うんだが」

とろんと緩んだ翡翠《ひすい》の瞳に見つめられ、鼓動が跳ねる。


アレン様はいつも優しかった。

いつも心配してくれたし、そっと手助けをしてくれた。

その裏に好意があったなんて思わなかった――いや、思わないようにしていたのかもしれない。

私とアレン様は身分や立場が違うし、いつか離れるのだから期待をしてはいけないと、心の中に予防線を張っていた。

だってそうしないと……アレン様を好きになってしまうから。

「……私は誰にでも親切な人間じゃないよ。クラリスだから支えたいし、見守りたいと思ったんだ。そしてこれからも……ずっと君の隣にいられたらと思ってる」

「私なんかが………相手でいいのですか？」

「『私なんか』ではない。クラリスがいいんだ。……これはしっかりと私の想いを分からせる必要があるな」

アレン様は握った私の手を持ち上げると、手の甲に熱い口付けを落とす。

「ゆっくり考えていいと言いたいところだが……横から入ってきた男に掻《か》っ攫《さら》われては堪《たま》らないからな。君が私を嫌っていないのなら、是非私との結婚を前向きに考えてくれないか？」

「嫌ってなんて……嫌いになるはずが、ないです。むしろ、す……」

私がそう言うと、アレン様は目を見開いて翡翠の瞳を揺らす。

「すきです。アレン様が好き」

言い終わると同時に、立ち上がったアレン様の腕の中に閉じ込められていた。

「は……駄目だ、クラリス。君は何でそんなに可愛《かわい》いんだ」

耳元で「ずっとこうやって抱きしめたかった」と囁《ささや》かれ、頭が沸騰《ふっとう》するかと思った。

しばらくの間ギュウウッと抱きしめられアレン様の温もりを感じているうちに、色々あって疲れていた私はいつの間にか眠りに落ちていたらしい。


目が覚めると、侯爵邸のベッドの上にいた。

私の波乱のデビュタントは、まさかの寝落ちで終わってしまったのだった。


「おはよう、クラリス」

朝食を取るために食堂へ向かうと、既に席に着いていたフリージア様に声をかけられる。

いる。

「おはようございます、フリージア様」

私が挨拶《あいさつ》を返すと、フリージア様はいつも以上にニコニコと機嫌が良さそうに私を見つめている。

フリージア様の隣の席に腰を下ろしてすぐに当主のノイマン様、嫡男《ちゃくなん》のディディエ様、アレン様がやって来る。

全員が席に着くのを見計らい、料理が運ばれてくる。

「……それで、アレンとクラリスの婚約お披露目《ひろめ》パーティーのことだが……」

突然のノイマン様の言葉に、思わず料理が気管に入って咽《む》せる。

「っ……！　ゴホッ！」

「あらあらクラリス、大丈夫？」

「はい……すみません。こ、婚約お披露目、ですか？」

私が尋ねると、フリージア様、ノイマン様、ディディエ様は驚いたような顔をして一斉にアレン様に振り向く。

「おい、アレン……。お前、プロポーズを受けてもらったんじゃなかったのか？」

「まさか夢で見たことを現実と思い込んでるんじゃないよな？」

「ヘタレのアレンがよく勇気を出したと感動したのに……全部妄想だったの？」

口々に攻撃され、アレン様はムッと口を尖《とが》らせる。

「夢でも妄想でもない。ちゃんと求婚したし、クラリスも私を想ってくれていると言った！……クラリス、私との結婚は嫌なのか？」

捨てられた仔犬《こいぬ》のように不安げな翡翠《ひすい》の瞳を向けられ、私は慌てる。

「す、好きです！　アレン様と結婚したいですっ！」

思わず大きな声で熱烈な愛の告白をしてしまい、我に返ったときにはアレン様は顔を真っ赤にしていて、フリージア様からニヤニヤと愉《たの》しそうな笑顔を向けられていた。

第八章　きっと幸せになります

クラナガン一家の断罪のあと、私は子爵家を継ぐための勉強を始めた。

それと同時に、セインジャー侯爵家の助けを得ながら子爵邸の改装、いつも陰で私を助けてくれていた家令のカールと乳母《うば》のファリタ以外の使用人の一掃、クラナガンの悪行により傾いた事業の立て直しに取り組んだ。

あの夜会の日、シーヴェルト子爵家には王宮からたくさんの騎士と数人の文官が派遣されてきたらしい。

執務室からは大量の書類が運び出される一方、全ての使用人が呼ばれて集められ、私への虐待について聞かれた。

はじめは多くの使用人がシラを切っていたが、文官の一人から「後で嘘《うそ》がバレると罪が重くなるぞ」と言われ、渋々本当のことを告白し始めた。

私への虐待を認めながらもどこか罪の意識は薄く、中には今からでも私に謝れば許してもらえるなどと笑いながら言っていた者もいたという。

彼らが雇用された当初から私は虐《しいた》げられていたから、要するに舐《な》められていたのだろう。

最後に文官からクラナガン一家が子爵家の人間でないことと、正式な屋敷の主人が私だと知らされ、ずっと私を庇《かば》ってくれていた家令のカールと乳母のファリタ以外の使用人は皆顔色を無くしたらしい。

あの後すぐにアレン様と一緒に子爵家に戻り、カールとファリタとの再会を喜んでいると、使用人が一人、また一人と近づいて謝罪の言葉を述べてきた。

私はその場で、二人以外の使用人に解雇を言い渡した。

もちろん「クラナガンに騙《だま》されただけだ」という彼らの言い分も理解できる。

だから、私への虐待に加担していなかった者には紹介状を書いてあげた。

ただ、虐待に積極的に加担していた者、自分の仕事を私に押し付けていた者などはその場で解雇した。

あの者たちは、今回猶予を与えて別のお屋敷で働いたところできっと何かしら問題を起こすはずだから、うちからの紹介状は出せなかった。

元いた使用人たちの整理が済むと、すぐに新しい使用人の雇用と屋敷の改装に取り掛かった。

クラナガン一家が好んだ華美で悪趣味な調度品は売り払って、私好みの上質だが落ち着きあるデザインのものに統一した。

時折フリージア様にもアドバイスをいただいて、狭いながらもなかなかお洒落《しゃれ》な屋敷に生まれ変わったと思う。

ちょうど子爵邸の改装が終わった頃、オスカー様が子爵邸を訪れた。

初めて会った日に、話も聞かずに追い返したことを謝られた。

特に傷つきもしなかったし、あの出来事があったからアレン様と出会えたわけだから、謝罪の必要はなかったのだけど。

オスカー様は「自分はつくづく女性を見る目がない」と項垂《うなだ》れていて、あまりに気の毒だったので、すぐに謝罪を受け入れた。

それまでは積極的に縁談を探していたオスカー様だったが、あの一件で伴侶探しを諦《あきら》め、後継は傍系家門の有能な子供を養子に取ることにしたようだ。

あれだけ見目も整っていて、有能で、大変高貴な方なのに勿体《もったい》ないことだ。

ちなみに婚約（求婚？）破棄《はき》の慰謝料を支払うとの申し出は、丁重にお断りした。

あの当時は平民になるつもりだったから少しだけ当てにしていたけれど、今となってはもう必要のないものだから。

そしてあの夜会から三か月後。

私の十八歳の誕生日に、私とアレン様の婚約披露《ひろう》パーティーが開かれた。

結婚するとアレン様が子爵家に婿入りする形になるので、婚約披露は子爵邸にて行うことになった。

セインジャー侯爵家と繋《つな》がりのある貴族、また亡き父と懇意にしていた貴族や事業で協力関

係にある人たち、それから私たちの友人を招いたアットホームなパーティーとなる予定だった

――当日の朝にスティング王太子殿下が突然訪問されるまでは。

「三か月で子爵邸も見違えたものだね」

パーティーの前に屋敷を訪れたスティング殿下を応接室に招き、お話をする。

殿下はクラナガン家の罪状調査のために、改装前の子爵邸に直接訪れたことがあったのだ。

「あんな趣味の悪い屋敷に住みたくありませんでしたから。……ところで、殿下。何かご報告があっていらしたのではないですか？」

アレン様が淡々と尋ねると、殿下は肩を竦《すく》める。

「今日は純粋に君たちの婚約を祝いたいと思ってきたんだよ。……報告はそのついでさ」

それから、殿下はあの後の出来事を話し始めた。

夜会の後に地下の一般牢《ろう》に収監されていたクラナガン家の面々は、平民ながら貴族相手に犯罪を犯したために、貴族裁判にかけられた。

罪状は爵位乗っ取り未遂、王家に任ぜられた職務を怠った罪、貴族に対する虐待行為、無許可での王宮への侵入など、どれも即刻首を刎《は》ねられてもおかしくないものだった。

しかしクラナガン家が十年もの間シーヴェルト子爵家の財産を食い潰《つぶ》していたことを鑑《かんが》み、すぐに処刑するのではなく、無期限の囚人労役刑に処して収入分を全てシーヴェルト子爵家に返還させるという判決が下された。

既に元義父と元義兄は王家所有の辺境の鉱山に作業員として、元義母と元義姉はその鉱山を管理する管理人一家のお屋敷に住み込みの下働きとして入っているそうだ。

なぜこうやってスティング殿下がわざわざ報告をしに来てくださったかというと、私が裁判に参加しなかったからだ。

もちろん私の証言は全て調書を取ってもらって証拠として裁判に提出したし、裁判官には厳しい処罰を嘆願した。

私が裁判に参加しなかった一番の理由は、クラナガン家の人たちと二度と顔を合わせたくなかったから。

私の顔を見れば、追い詰められたあの人たちは私の温情を乞うて縋《すが》ろうとしたはずだ。

もちろん直接文句を言ってやりたい気がなかったわけではないが、私が顔を見せないことこそが彼らの唯一の希望を奪う最も良い方法だと思い至った。

私のその考えを聞いたらアレン様は幻滅するかなと思ったが、私の決断を聞いて、アレン様は笑っていた。

「それで良い。復讐心《ふくしゅうしん》に囚《とら》われるより、私と歩む明るい未来を楽しみにして生きてほしい」

そう言って、優しく頭を撫《な》でてくれた。

「裁判にクラリス嬢が出席しないと聞いた時の奴《やつ》らの絶望に染まった顔……くくっ、思い出すだけで笑えるよ。クラリス嬢の予想通り、君に泣きついて刑を軽くしてもらう算段だったのだろうね」

　裁判のことを思い出しながらくつくつと笑うスティング殿下は、割と良い性格をなさっているのだと思う。

　アレン様の一つ年下だそうだが、未《いま》だ婚約者が決まっていないのも頷《うなず》けるような……。

　さすがに不敬なので口には出さないけれど。

「そういえば、一年後に君たちが成婚したら、アレンを王太子専属の近衛《このえ》隊長に任命するつもりなんだ。要するに、私の側近だな」

「は……そんなことは初耳なのですが」

「そうだろうな。今初めて言ったからな」

　そう言ってスティング殿下は再びくつくつと笑う。

「殿下にいいように扱《こ》き使われる未来しか見えませんが……」

「まあ、そう言うなよ。本当に伝えたいのはそこじゃないんだ。アレンが近衛隊長に就任した暁には、シーヴェルト子爵家は伯爵家に陞爵《しょうしゃく》する。王宮の重役に就いた者に権威を与えるため、叙爵や陞爵をするのはよくあることなんだ。だからこれは決定事項」

「え……」

　突然の仰《おお》せに、私の頭は真っ白になる。

　つまり一年後、アレン様と結婚したら私は『シーヴェルト子爵』ではなく、『シーヴェルト伯爵』になるということ？

「実際に伯爵位を持つのはクラリス嬢ということになるが……セインジャー家の後援もあるし、何かあれば私を頼ってくれてもいい。だからあまり気負わずにな？」

王太子殿下の言葉を聞いて、私は隣に座るアレン様を見上げる。

アレン様は戸惑っているというよりは、どうやらスティング殿下がその決定について事前に教えてくれなかったことが不服だったようで、殿下に胡乱《うろん》な目を向けている。

「……はい。伯爵家の当主となるにはさらに勉強が必要かと思いますが、あまり心配はしていません。アレン様が側《そば》にいてくださいますので」

私がそう言って微笑《ほほえ》むと、アレン様は一瞬目を瞬《まばた》いて、とても嬉《うれ》しそうに破顔した。

「はぁ、これ以上ここに居たら砂を吐いてしまいそうだな。まあでも、君たちが幸せそうで良かった。本当に婚約おめでとう」

スティング殿下は素敵なお祝いの言葉と、いくつかのお祝いの品を置いて帰られた。

婚約披露《ひろう》パーティーはあまり堅苦しい雰囲気にはしたくなかったので、立食形式の自由なスタイルにした。

おかげで五十名ほどの招待客がそれぞれ自由に交流し、会場には笑い声が溢《あふ》れた。

「おめでとうございます、クラリス様」

アレン様と共に招待客に挨拶《あいさつ》回りをしていると、とっても会いたかった方々からお祝いの言葉をかけられる。

「パトリシア様、リリー様！　今日は来てくださってありがとうございます」

ここ最近忙しくしていてパトリシア様たちと会う時間がなかなか取れなかったので、彼女たちに会えるのを楽しみにしていたのだ。

「アレン様も、ご婚約おめでとうございます！　相変わらずお二人が仲睦《なかむつ》まじいようで安心いたしましたわ」

「パトリシア嬢、ありがとう。リリー嬢も、今日は楽しんでください」

アレン様が挨拶をすると、二人とも一様に頬を染める。

「それにしても……パトリシア様のお書きになった小説の通りになりましたわね？」

リリー様がそう言うと、パトリシア様は得意げに胸を張る。

例の王宮のお茶会のあと、パトリシア様はあの勢いのまま一編の小説を書き上げた。

最初はそれを仲間内だけで読んでいたのだが、エドナ侯爵夫人がそれを甚《いた》く気に入り、あれよあれよと製本され、出版されたのだ。

それがなんと今、王都で大ベストセラーとなっているのだから、驚きだ。

彼女の作品『睡蓮姫《すいれんひめ》』は、子供の頃から虐《しいた》げられて育ったヒロインのアリーチェが美貌《びぼう》の貴公子シリウスに助けられ、自分の人生を取り戻す物語。

物語の終盤にアリーチェは実は幼少期に拐《かどわ》かされた王女であるということが判明し、アリーチェを虐《しいた》げた家族は断罪されることになる。

最終的にアリーチェはシリウスと結婚し、幸せを摑《つか》んだところで物語は終わる。

……実はこの物語のヒロイン・アリーチェのモデルが、私だそうなのだ。

私は王女様ではないけどね。

でも確かに、自分を虐げていた家族を断罪して、美貌《びぼう》の貴公子と結婚するというところは共通点かもしれない。

「パトリシア様が小説をお書きになった時はまだアレン様と婚約していませんでしたけど……」

私がそう言うと、パトリシア様は気遣わしげにアレン様を見上げる。

「……クラリス様は大変鈍くていらっしゃるから、アレン様も苦労なさったのでは？」

……む。

鈍いという自覚はあるけれど、アレン様の思いにはしっかり応えたはずだけど。

「本当に。そのくせ無自覚に人を誑《たぶら》かす魔性がありますから、羽虫を追い払うのが大変です」

アレン様は紳士然とした柔和《にゅうわ》な笑顔で恐ろしいことを言う。

「きゃあ！　クラリス様、愛されておりますわね！　羨《うらや》ましいわ」

リリー様はそう言って頰を染めるが、彼女も半年後に婚約者との結婚式を控えている。

「ありがとうございます、アレン様！　先ほどのお言葉で新しい作品作りが捗《はかど》りますわ」

パトリシア様は再び思考の世界に旅立ち、リリー様はその背を撫《な》でて宥《なだ》めている。

彼女たちとこれからも仲良くできるのが、とても嬉《うれ》しい。

「クラリス、お疲れ様。とても素敵なパーティーになったわね」

パーティーの終盤に、フリージア様から声を掛けられる。

「ありがとうございます。何とか無事に終わりそうでホッとしています」

今回のパーティーはフリージア様に頼らず初めて私とアレン様で準備をしたのだが、まだ子爵邸の体制が整っていないため、侯爵邸から使用人を派遣してくださった。

「おめでとう、クラリス。アレン、しっかりやれよ」

ノイマン様がアレン様を鼓舞するように肩を叩《たた》く。

「はい、父上。クラリスと子爵家をしっかり守ります」

アレン様の力強い言葉に、ノイマン様は口元に小さく笑みをたたえて頷《うなず》いた。

「クラリス。幸せになれよ」

もうすぐ義兄となるディディエ様がそっと声を掛けてくれる。

「ディディエ様。ありがとうございます。……きっと幸せになります」

私がそう言うと、ディディエ様は怜悧《れいり》な目元を細めて微笑《ほほえ》んだ。

その微笑みが何だか寂しそうだったのは、きっと私の気のせいだろう。

◆◆◆　エピローグ

婚約披露《ひろう》パーティーが終わり、私とアレン様は今日から子爵邸で暮らすことになる。

私は引き続き侯爵家で当主指導を受けるため、週に三回はセインジャー邸に顔を出す予定なのだけど。

湯浴みを済ませて夜着にガウンを羽織った楽な格好のまま、サロンでアレン様と二人きりの時間を過ごす。

「お疲れ様、クラリス。色んな人に会って疲れたんじゃないか?」

暖炉の前のソファに寄り添ってホットミルクを飲みながら、アレン様が頭を撫《な》でてくれる。

「そうね……疲れたけど楽しかったわ。この三か月は本当に忙しかったから……やっとゆっくりできるわね」

慌ただしかった三か月が過ぎ、ようやく得られたゆったりとした心地良い時間に安心して身を委《ゆだ》ねる。

「私としてはこの三か月、クラリスが他の男に目移りするんじゃないかと気が気じゃなかったよ」

アレン様は私の頭を撫でながら引き寄せ、肩にそのまま乗せる。

夜会の日にアレン様が言った通り、私が子爵位を継ぐことが公になって以降、たくさんの釣り書きが送られてきた。

爵位を継げない貴族家の次男や三男からすると、子爵家への婿入りは余程魅力的に見えたらしい。

「目移りなんかするはずないわ。彼らが見ているのは私自身じゃなくて爵位だもの」

「……クラリスは自分が周りからどう見られているかを全く分かっていないな。まぁ、分かる必要もないが。そのまま私からの愛だけを信じていてくれ」

そう言って、アレン様は私の額にキスを落とす。


……思えばここまで色々なことがあったわ。

両親を失ってからの辛《つら》い十年間、それからオスカー様からの求婚と取り消し。

アレン様にセインジャー邸に連れて行ってもらってからの、楽しい日々。

心から信じられる第二の家族と、気の置けない友人たち。

苦しいことも悲しいこともたくさんあったけれど、きっと全てがあったからこそ幸せな今に繋《つな》がっているんだ。


「もしかして他の男のことを考えてる？」

暖炉の中の炎を見ながら色んなことを思い出していると、アレン様が顔を覗《のぞ》き込んでくる。

私が首を振ると、アレン様は小さく溜息《ためいき》をつく。

「漸《ようや》く私が婚約者だと胸を張って言えるようになったが、結婚まであと一年か……。クラリスが余所見《よそみ》しないようにしっかり捕まえていないとな」

そう言うと、今度は唇に優しいキスが落ちてくる。

アレン様はいつも心配するけれど、余所見なんてするはずがない。

だってあのたくさんの釣り書きの中に、私が苦しかった時に手を差し伸べてくれた人は一人もいない。

義姉と間違えて求婚され、追い出された公爵邸で途方に暮れた私に手を差し伸べてくれたのは……アレン様だけ。

だから私はアレン様の手を取って、一生離すことはない。

二人で手を取り合っていれば、どんな困難も乗り越えられると信じているから。

アレン様の腕に包まれてうつらうつらと眠りに誘われていると、横抱きにして抱き上げられる。

どうやらこのまま寝室へ運んでくれるらしい。

私はアレン様の首に手を回し、ギュッと力を込める。

今この瞬間の幸せを噛《か》み締めながら、アレン様の厚い胸板に顔を埋《うず》めた。

あとがき

はじめまして。hama（ハマ）と申します。この度は私のデビュー作「義姉と間違えて求婚されました。」をお手に取っていただき、ありがとうございます。

今作は、私がWeb小説投稿サイト「小説家になろう」にて発表した中編小説で、生まれて初めて応募した「小学館ファンタジーノベル&コミック原作大賞」にて奨励賞をいただいた記念すべき作品です。

小説投稿サイトや電子書籍で異世界ファンタジー小説を読むのが大好きで、ついに自分で書き始めたのがおよそ二年前。当初は閲覧数もあまり伸びず、それでも自由気ままに作品を投稿し続けているうちに、次第に閲覧数が伸びていきました。

その勢いで発表したこの「義姉～」は非常に多くの方に読んでいただけて、なんと「小説家になろう」サイトの年間ランキングにもランクインしたという（hama的）快挙を達成！

そして受賞をきっかけに書籍化・コミカライズのお話をいただき、夢のまた夢だと思っていた作家デビューを果たすこととあいなりました。

しかし元々中編であったこの作品を書籍にするにあたって大幅な加筆が必要となり、これにはかなり四苦八苦しました。

はっきり定まっていなかったヒロインの人物像、ふんわりとしていた場面設定、分かりづらかった登場人物たちの心情変化など、担当さんにご指摘いただくまで気づかなかった部分を、しっかりと肉付けしていくような作業でした。

自分が書いた文章をこれほどまでに何度も読み返したことがあったでしょうか……いや、否《いな》。

でもこの作業のおかげで、登場人物たちがより心情豊かに、より魅力的に生き生きと動いてくれるようになりました。

さらに嬉《うれ》しいことに、コユコム先生がとっても素敵なイラストを描き下ろしてくださり、モノクロだった物語がさらに鮮やかに色づきました。

恐らく、既にWebサイトにて同作をお読みいただいたことがある方にもお楽しみいただける内容になったと思います。


こうして書籍化できたのも、素晴らしいイラストを描いてくださったコユコム先生、的確なアドバイスで違う視点からの気づきを与えてくださった担当さん、それから「小説家になろう」サイトにて名もなき作家である私の作品を読み、応援くださったみなさまのおかげです。

改めて感謝申し上げます。

この物語を読んで、少しでも胸のときめきを感じたり、スッキリ爽快な気分になったり、素敵な余暇が過ごせたなと思っていただけましたら幸いです。

いつかまた、読者の皆様とお会いできることを祈って。

二〇二五年四月　hama

GAGAGA

ガガガブックスf

義姉と間違えて求婚されました。

hama

発行　2025年4月23日　初版第1刷発行

発行人　鳥光 裕

編集人　星野博規

編集　渡部 純

発行所　株式会社小学館
〒101-8001 東京都千代田区一ツ橋2-3-1
[編集] 03-3230-9343　[販売] 03-5281-3556

カバー印刷　株式会社美松堂

印刷　TOPPANクロレ株式会社

製本　株式会社若林製本工場

Printed in Japan　ISBN978-4-09-461182-3